U0544938

Paid
PAID PAYBACK
Payback

第一個拍攝地點是休息室。雖說是實境節目，但還是有粗略的劇本安排。我要負責在聆聽他們講解對決規則和內容時，一臉不屑地表現出傲慢的態度。這一點都不難，問題出在為了幫我的忙而登上節目的漢洙身上。

「對決項目由你和對方各自選擇一項，再由製作單位公布最後一項，最終贏得兩場對決的人就是贏家。」

漢洙用生硬的語氣念出卡片上的文字。在攝影機的拍攝下，即使不是演戲，他的神情還是顯得非常僵硬。

「泰民前輩想要選擇哪一種項目當成、當作對決項目？」

「把話說清楚。」

漢洙吃了一驚，重新詢問。

「泰民前輩想要選擇哪一種項目的項目？」

這次他好像知道自己又念錯了，立刻更正。

「不，不對，是你想要選擇哪一種對戰項目？不，不是對戰，是對決……呃啊啊！」

他崩潰地抓住自己的頭髮。通常這種時候，製作人應該出來喊卡，但攝影機卻仍在拍攝。是要我們繼續的意思嗎？我看著負責拍攝的年輕製作人，他卻根本沒看向這裡，而是望著手機嘻嘻笑。看來是打算剪掉這個片段，所以壓根不在意。我沒理會攝影機，開口說道。

「你問我要選擇什麼項目？」

「對！就是這個意思！」

「不知道。」

「怎麼會不知道？還沒決定好嗎？」

「嗯。」

「是不知道自己擅長什麼嗎？拳擊不是你的強項嗎？而且也很會打架。你還擅長什麼呢？」

漢洙似乎以為結束拍攝了，恢復平時的模樣隨口吐槽。

「對了，你最會欺負我和經紀人了。」

「那可以把你跟經紀人擺在中間，讓我們展開對決，看誰比較會欺負你們。」

「哎喲，那樣要怎麼計分？」

「只要有一根棍子，我就贏定了。」

「……哥，你還是趕快找到其他專長吧。」漢洙憑藉著這段時間累積的經驗，迅速轉移話題：「既然你身手靈活，要不要選運動？」

「不一定要選只有我擅長的事。」

「什麼意思？」漢洙睜大眼睛盯著我，「你當然要贏啊，如果想贏過蔡度相，就要選你擅長的。」

「那樣就不有趣了。」

漢洙還不知道我已經更改了對決項目，對此感到有些手足無措。雖然製作人一再提醒不要看鏡頭，漢洙還是忍不住偷瞄了一眼。

「也對，選你擅長的事情就……不有趣了吧？所以你想選什麼？還是會選運動吧？」

「不會，畢竟不知道對手擅不擅長運動。」

「那對手擅長什麼？」

「既然他是演員，一定很擅長演戲吧？」

「嗯……聽說他是美國戲劇學校畢業的。」
「太好了。」
我笑著對漢洙繼續說。
「那他一定很會背臺詞。」
看著眼熟的諧星主持，棚內拍攝開始了。由於是首次拍攝，主持人會先公布對手身分、說明對決資訊，到六天後將在此展開第一次對決等一連串的規則講解。聽到第一集節目要在一週後播出，我才發覺時間好像真的很緊湊。
漢洙先前擔心這個節目要像即興劇場一樣現場直播，而看這緊迫的時程安排，我想說不定最後真的會改以直播方式播出。講解完畢之後，要擲硬幣決定先進行誰的對決項目。
當然，照劇本安排，應該由我先開始，諧星擲了三次才擲出我選擇的正面。形式上的順序確定後，諧星向蔡度相發問。兩人談笑風生了二十幾分鐘，讓人不禁以為他們本來就認識後，才終於輪到我。他看都不看我一眼，只低頭看著手卡，語氣生硬地問道。
「你為什麼選擇背劇本呢？」
「因為有人強烈建議。」
「誰？」
「一個路人。」
他給了我一個傻眼的眼神，忍不住嗤笑出聲。
「哈哈哈，真有趣，李泰民先生，你居然會接受路人的建議？看來你對背劇本很有信心喔？」

「完全沒有。」

他一臉「這人到底想怎樣」的表情看了我一眼，又轉頭看向蔡度相。

「李泰民先生說他沒信心，那蔡度相先生呢？」

「我有信心。」

「哇，很老實喔？看來你的個性直率不做作呢？」

「算是吧，也會被人說不討喜……還因此留下了不好的回憶。」

「雖然很好奇是哪種不好的回憶，但我之後再問吧。」

諧星這麼說的同時，又瞄了我一眼。那小子提到不好的回憶，你看我幹嘛？他的手搭在蔡度相肩上，像在安慰他似的。

「在我的職業生涯中有一個領悟，那就是直言不諱的人比較不會記仇。你也知道吧？所以我才能不計前嫌，和用股票把我害慘的同事繼續相處。」

這個玩笑似乎和他的私生活有關，蔡度相大聲笑了。想當然，我不懂好笑的點在哪，並沒有跟著笑，但站在場外的漢洙卻用唇語呼喊——哥，你也跟著笑！

我想起了那小子在登臺前給我的忠告。

「哥，你不可以傻傻地沒反應。這是綜藝節目，綜藝節目只允許兩種人存在——有趣的人和無趣的人。所以你要記得多說話、保持笑容，好嗎？」

我試圖勉強擠出笑容，卻發現根本沒那個必要。我轉過頭，瞥見了站在舞臺邊的鄭義哲。與我對視的他並沒有露出笑容，反倒是我發自內心地笑了。真是人生何處不相逢啊，所以說，你怎麼不乾脆去當跟蹤狂算了？

「看來李泰民先生也同意我的想法？」

我聽見諧星的詢問。

「是的，我同意，但我不是被你逗笑的。」

「那你是被什麼逗笑的？」

「因為路人就站在那裡。」

「路人？喔，勸你選擇背劇本的人？是誰？」

「蔡度相先生的經紀人。」

氣氛瞬間冷場。舞臺上只剩下我臉上還有笑容。幸好臺下的神經病也陪著我一起笑，所以我並不孤單。拍攝終於結束，工作人員紛紛上臺收拾，取下我們的麥克風。當我整理好衣服準備下臺時，蔡度相叫住了我。

「你也太老實了吧。是因為這樣，才分不出老實和無恥的區別嗎？」

這小子怎麼又在自我介紹？

「我分得出來。」

我回完一句話便轉過身，只聽他繼續在背後放話。

「我來大膽預測一件事吧？當這個節目進行到尾聲，你就會在這個圈子混不下去了。」

「預測？你他媽去預測明天的天氣吧。」

我認為跟這小子說話只是浪費時間，沒再搭理他就離開了。但當我的視線不經意地往旁邊一瞥，倏然身形一頓。攝影機不是關了嗎？其他攝影機都關機了，只有一臺仍亮著紅燈。我盯著攝影機看了片刻，攝影師馬上看向其他地方，假裝沒事找事做。你們這些人！

「怎麼了？不把我的話當一回事？你的過去已經攤在陽光下了，被趕出這個圈子是遲早的事。」

他怎麼還在講那種話？轉頭一看，蔡度相笑得像個陰險狡詐的惡霸。

「就算你沒有那麼壞，我也會讓你變成十惡不赦的混蛋。」

這麼說著的他，朝我邁開一步。這次他目露凶光，彷彿不管我說什麼，他都不會再退縮的樣子。我頓時啞口無言，他則以勝者之姿率先離開舞臺。我望著走遠的他，才想起沒關的攝影機。轉頭一看，三號攝影機原先亮著的紅色運作指示燈，不知何時已悄然熄滅。

聽說要背的劇本隔天才會出爐，攝影團隊卻在一大清早找上門來。問題在於，他們並沒有事先告知，就直接闖入我住的頂樓加蓋宿舍。可能是神經病曾經半夜偷溜進來，即使處於熟睡狀態，一聽見微小動靜，我便瞬間清醒過來。

「呃啊！」

門口傳來一聲慘叫。從半開的門縫探頭進來的年輕製作人，驚訝地愣在原地。

「你怎麼已經醒了？」

我在自己的房間醒來，難道需要理由嗎？

「製作人不是應該先告訴我，你們為什麼會過來嗎？」

可惜他非但沒說明緣由，還小聲咒罵。

「靠，要重拍了。」

我看向敞開的門外，他身後還跟著攝影團隊，攝影機正對準房間裡面。

「拍攝？我記得是今天上午在我們的辦公室？」

「李泰民先生，既然事情變成這樣，請你先躺回床上吧。待會即使我們悄悄開門進來，你也不要起床，等我叫你幾次、輕戳你幾下再驚醒過來，我們就這樣重拍吧。」

我的提問遭到忽視。我看向門外，社長也一臉不情願的樣子。他們似乎沒說一聲就直接殺過來了。這次，我改問了一個能得到答案的問題。

「表現得自然一點就可以了嗎？」

「對，自然就好。」

我蓋上棉被躺回原位，背對著門闔上眼睛。不久後，門「嘰」一聲被打開，我感覺有人靠近，不久後便傳來輕聲呼喚。

「李泰民先生，李泰民先生。」

片刻過後，又感受到指尖碰觸我的肩膀。

「李泰……」

咻唰——我迅速將製作人撂倒，發出了強勁的風聲，而後他便「砰」一聲重摔在地。

「呃啊！」

被壓在膝下的製作人發出哀號，我先看了他一眼，才一頭霧水地皺起眉頭，看向攝影機。

「怎麼回事？」

工作人員全都嚇得不敢回答，我低頭看向能回答我的人，裝作終於認出他的樣子。

「製作人？你怎麼在這裡？」

他張著嘴似乎想喊卡，但我搶先一步抱怨似的咕噥。

「我差點勒住你的脖子耶。」

咕嘟。倒臥在地的製作人嚥了口口水。這樣他就算是付出毫無預警擅闖別人房間的代價了。當我心滿意足地準備扶起製作人時，另一個人卻主動站出來營救他。

「我的天啊，製作人！」

社長衝了過來，將我一把推開，伸手扶起製作人。他先是詢問製作人有沒有怎樣，再拍了拍他的衣服，隨後才轉頭看向我。他的眼神不太對勁，是因為我對製作人出手，打算訓我一頓嗎？

「你到底在搞什麼？」

他把我逼到房間角落。

「對不起，我只是開個玩笑……」

「開玩笑？開玩笑就可以撲倒野男人，對人家上下其手嗎？」

好像哪裡怪怪的。

「我沒有對他上下其手吧？」

「要是旁邊沒有人其他人在，你就要和他大戰一場了吧？蛤？」

社長怒目圓睜，眼球彷彿要彈出來似的。所以你現在是覺得我對製作人上下其手？我忍不住嘆了口氣。

「唉，社長，你誤會了。」

「真是不能對你掉以輕心，你到底是怎麼知道的？拍攝團隊裡，只有製作人單身又未婚。」

我哪會知道啊？可惡。

「雖然你和每個工作伙伴都能擦出火花，沒想到你居然連製作人都敢碰。他長得像剛被挖出來、還沾著泥土的馬鈴薯，而且從來沒談過戀愛。就算擁有製作人這份體面工作，依舊被同一個人拒絕三次，你連這種魯蛇也可以？你瞧不起製作人嗎？這到底是什麼沒禮貌的行為？」

你才沒禮貌吧！怎麼知道製作人沒談過戀愛，又被同一個人拒絕三次？

本來就被新經紀人搞得亂七八糟的日常，因為攝影團隊貼身拍攝，變得更加手忙腳亂。我甚至沒空和一早來接我的神經病交談，是到了辦公室才有機會把他拉到安靜的角落。

「你勸勸社長吧。」

「勸什麼？」

「他一直亂懷疑我。」

他瞇起眼睛。

「他懷疑誰了？」

「負責拍我的製作人。」

他轉頭看了製作人一眼，恢復原有的表情。

「這次是他太誇張了。被同一個人拒絕三次的製作人不可能是你的菜。」

「大家怎麼都知道他被同一個人拒絕三次？而且那個製作人為什麼不是我的菜？」

「他跟我一點也不像。」

「要是我被一個和你不像的人吸引，你要怎麼辦？」

「鄭義哲長得很醜。」

鄭義哲不醜吧？我本想反駁，又突然意識到這小子居然主動提起這個名字。

「你怎麼知道我想到的是鄭義哲？」

「很明顯吧，你想讓我吃醋的話，只可能想到他。」

「什麼？」

「雖然你的反應很可愛，但鄭義哲跟我差遠了。」

我差點就要站在鄭義哲那邊，忘記自己還要向他復仇了。
「你很討人厭。」
聽見我的指責，他只是冷笑一聲。
「聽說製作人早上拿了你要背的劇本過來？」
「我說你很討人厭。」
「聽說一共有四部作品？」
「不需要四部都背。」
彷彿在證明自己有多討人厭，他直接把我的話當成耳邊風。
「一定要全部背起來啊，雖然他們說只會抽考其中一部，但不知道是哪一部。」
「你沒辦法四部都背起來。」
我頓時啞口無言。我是真的很想理直氣壯地說自己做得到，可製作人交付的劇本分量不容小覷。如果是一般內容，我至少可以每天抄寫和複誦數百次，想盡辦法背起來。但這四部作品都是戲劇劇本，對於才剛開始學習演戲沒多久的我來說，沒辦法像背九九乘法表一樣，直接背誦出蘊含情緒的臺詞。
「你選一部就好，但要把那部背得滾瓜爛熟。」
「那要是抽到其他部呢？」
「你就會輸。」
「是你叫我要成為獲勝的垃圾。」
「在後面兩次對決贏回來就好。重點是，就算你這一輪輸了，也要讓觀眾覺得贏的是你。」
那是什麼意思？當然，他並沒有多加解釋。我看著製作人給的劇本，打了通電話給漢洙。

『哥，我正要跟你聯絡。你那個節目的預告片，好像會從今天開始安排廣告曝光，是幾點啊？六點四十嗎？到時候我也會過去找你。』

「又不是正式播出，你來幹嘛？」

『那是你狠嗆蔡度相的預告片耶，當然要一起看啊！』

「算了吧，你說你先前演過有合唱團的舞臺劇吧？」

『合唱團？安蒂岡妮？對，我演過。你要背的劇本是《安蒂岡妮》嗎？』

「還有另外幾部。」我回答後，又告訴他劇名：「《阿加曼農》[1]、《奠酒人》，還有……

「《伊底帕斯王》[2]。」

「那是悲劇。」

尹傑伊介紹《伊底帕斯王》時，是這麼說的。

「這個故事以最戲劇化的方式呈現了悲劇的本質，即悲劇亦存在原則。主角雖比普通人優秀勇敢，卻仍因自己的錯誤而徹底崩潰。主角的身分越高、能力越強，墜落時的絕望便更為慘烈，觀眾也會隨之感受到強烈的痛苦。這就是伊底帕斯[3]，一個悽慘崩潰，

---

1 Agamemnon，古希臘劇作家艾斯奇勒斯的作品，為《奧瑞斯提亞三部曲（The Oresteia）》中的第一部，另兩部是《奠酒人（The Libation Bearers）》與《和善女神（The Eumenides）》。故事描寫遠征特洛伊的邁錫尼國王阿加曼農在出征時因得罪狩獵女神而獻祭長女，遭妻子懷恨在心，並與情夫將其謀害的故事。

2 Oedipus Tyrannos，古希臘悲劇作家索福克里斯於西元前四二七年根據希臘神話中伊底帕斯的故事所創作的一齣希臘悲劇。古希臘哲學家亞里斯多德曾盛讚此劇為「古往今來悲劇的最高傑作」。

3 Oedipus，希臘神話中的底比斯國王，在不知情的狀況下弒父娶母，得知真相後便刺瞎自己的雙目。

甚至自願受罰的悲劇人物。也因如此，他不敢正視殘酷的現實，戳瞎了自己的雙眼，獨自在沙漠中徘徊。」說著說著，他看著我問道：「你覺得這個人很可憐嗎？」

「不會。」

「曾經的國王變成瞎子，像乞丐一樣在沙漠裡遊蕩了十幾年耶？」

「那是他自己的選擇，他內心反而會覺得舒坦吧。你覺得國王很可憐嗎？」

「一點也不，我小時候曾讀過這個故事，大學時期也深入研究過，但我從不覺得這是個悲劇。」

「為什麼？」

「若一切真的支離破碎且必須面臨殘酷現實，在我的想像中，主角應該粉飾太平、視若無睹才對。大逆不道地殺死父親，與母親結婚？那又怎樣？反正所謂的倫理道德，只是人類為了守護名為家庭的社會單位而創造的規則。如果要親自守護自己擁有的權力、力量和家人，他該做的不是戳瞎自己的雙眼，而是背棄自己的良心。像伊底帕斯一樣自甘墮落，根本就是喜劇吧。」

「……你這個人本身就是一齣喜劇。」

「總比悲劇好。」

「所以重點是什麼？王很可笑嗎？」

「對，人生就是喜劇，不過現實裡也有接受自己的錯誤後，受到良心譴責的悲劇。真煩。」

「如果你又要討論我的問題……」

「我覺得煩，是因為人生也需要悲劇。」

「……」

「我叫你選一部作品，你就選這部吧。如果你飾演伊底帕斯，我說不定會覺得它是一齣悲劇。」

悲劇。我先讀了對神經病而言是喜劇的《伊底帕斯王》。伊底帕斯本來想尋找神諭中的人物，被預言家指出那個人就是自己後，大發雷霆怪罪無辜。他堅信那個人不是自己，根本聽不進其他想法。

思緒就像河水，一旦湧入急流，任誰也無法阻擋它奔向波濤洶湧的大海。唯有被一望無際的海水淹沒，才會意識到自己是多麼無知且狹隘。在我快要讀完《伊底帕斯王》的時候，辦公室裡電視的音量突然轉大，手機也收到了漢洙傳來的簡訊。

——哥，今天會播出預告片對不對？啊哈哈，好期待喔！你趕快打開電視！快要播出了！我會用手機看！

不用他提醒，社長和店經理已經守在電視機前了。神經病自稱有約先行離開後，成天跟拍和訪問我的攝影團隊一到下午六點，便匆忙收拾器材走人。

「聽說這次電視臺是有備而來，為了拉高節目收視率不惜砸下重本。」

我聽見店經理這樣說明。

「主持人因為賭博被抓的那個節目，不是賺了很多錢嗎？」

「對，好不容易才透過狂打廣告提高收視率，結果就出事了。為了挽救黃金時段，原本要由知名電影演員演出的電視劇接檔，但電視劇目前還沒開拍，申製作人的墊檔節目才會雀屏中選。」

「那就是相當重要的節目囉。」

哪裡重要了？只是拿來墊檔的啊。我本想插嘴，卻見店經理點了點頭。

「是的，所以雖然知道是單次拍攝的節目，還是安排在這個時段播出。」

單次拍攝？對決的形式不是可以換一組嘉賓繼續使用嗎？我正感到詫異，就聽見社長充滿信心地開口。

「一定能夠把收視率搶過來。」

「社長，預告要播出了。」

我的目光也望向電視螢幕。如同懸疑推理作品的配樂響起，節目名稱亦隨之出現。

「FLIP A COIN——對決」

節目名稱是英文，「對決」則是底下的小小副標。居然故弄玄虛，在節目名稱寫英文？那到底是什麼意思？預告片播放著硬幣被拋到半空中又落下的畫面，隨後立刻切換至蔡度相的臉。他身後是一整塊黑布，那似乎是拍攝途中錄下的訪談。只見畫面中的蔡度相一臉凝重地開口。

「我為什麼答應參與這場對決？因為我想克服恐懼。我高中的時候到美國留學，是因為遭受了校園暴力。當時的我，被人稱飆車族的校園流氓盯上，被霸凌到曾經產生自殺的念頭。」蔡度相彷彿下定決心般，凝視著攝影機，「這一次，我不想再逃避了。」

接著，換我出場了。不是訪談，我隨意坐在休息室的樣子像監視器畫面般在螢幕上播放。只見畫面中的我噗嗤一笑，開口說道。

「只要有一根棍子，我就贏定了。」

前後沒有任何內容，就只有這麼一句話。那不是我對漢洙開的玩笑嗎？明明不是對蔡度相說的，卻剪得像我會用棍子打贏蔡度相一樣。預告片的最後一句字幕，用碩大的文字寫著——

暴力的受害者與加害者。如今站在同一起跑點的兩名新人演員，對決結果是——？

預告片播完了。我簡直無言到了極點，只能忍不住感嘆「噢，幹」。我明白攝影團隊為什麼逃跑般離開了，他們不敢拍我看到預告片的樣子吧？在我啞口無言的時候，一旁也傳來感嘆。

「哎呀，原來蔡度相是校園暴力受害者？好驚訝，我太驚訝了。」

「是啊，我也嚇到了。蔡度相先生好像被別人霸凌過。接下來的發展一定相當精彩。」

「對吧？感覺很有趣耶！」

我的經紀人和造型師高興得眼神發亮。我忍不住再次懷疑，這真的不是一場要我對前經紀人心懷感恩的陰謀？幸好門打開的時候，還有人站在我這邊。

「傑伊，你回來啦？」

社長嘴上裝作漠不關心，身體卻站起來想朝他走去。

「怎麼不早點回來？節目預告才剛播完。」

「我已經看過了。」

「你看過了？」

「剪得很好。」

「對吧？感覺超好看！」

被自己信任的人捅了一刀，所幸我沒有全然信任神經病，受到的打擊也沒那麼大。即便如此，被拿來當節目效果仍讓我有些不爽。且似乎是得到了神經病的認同，社長還開心地問我。

「不覺得預告剪得很好嗎？對方是善良老百姓，而你是個超級大惡霸。」

「對，好到讓人很不爽。」

「啊哈哈！這不就是我們尹理事有先見之明，作出的卓越選擇嗎？」

他現在已經不是理事了。本想這樣反嗆，思考片刻後又再次作罷，社長這種反應已經算好的了。就在這時，漢洙打了電話過來，我懷著不祥的預感按下通話鍵，然後立刻對自己接起電話的行為感到後悔。

『嗚嗚嗚！哥，你完蛋了啦！你要怎麼辦！嗚嗚嗚——該死的製作人！把你塑造成超級大爛人了！』

我是個藝人，但這間辦公室裡最悠哉的人同樣是我。我也因此獲得了這間辦公室的獨享權，不會被別人打擾——除了聲稱情況緊急，突然跑來的漢洙和趙賢。我留在辦公室是為了背誦對決的劇本，不是為了看他們涕泗滂沱、淚流滿面。

「嗚嗚嗚，怎麼辦啦……哥，大家都說你是沒良心的死流氓，居然還敢上電視。」

漢洙一邊瀏覽網路上的留言，一邊即時轉播給我聽。即使我罵了他、趙賢也出聲勸阻，他仍雙手顫抖地偷看手機，然後放聲大哭。我開始覺得前經紀人所說的M，指的就是漢洙這種人。

「我現在終於能體會前輩的心情了。」

什麼？我沒聽清楚他說了些什麼，趙賢再次提高音量。

「我說，我終於能體會前輩的心情了！」

「喂，你靠近一點再說吧。」

「我身陷敵營，不能那麼做。」

什麼敵營？那小子到底是來幹嘛的？坐得離我們遠遠的他，不理會我的臭臉，自顧自繼續說道。

「我知道你為什麼要那樣欺負漢洙了。預告片提到棍子的那句話，也是對漢洙說的吧？」

「你很清楚嘛。」

「那當然。沒經歷過的人，根本不懂節目的惡意剪輯多可惡。」

「是喔？你在節目上說腳踝粗的女生很扣分，也是被惡意剪輯的？」

「……」

趙賢默默將椅子往後推。

「劇本背得還順利嗎？既然要背四部，時間很緊湊吧？」

「我只打算背一部。」

「什麼？可是我聽說要背四部欸。漢洙，難道不是嗎？」

待在角落的漢洙說要向酸民提告，在紙上逐一寫下他們的帳號暱稱，寫著寫著才抬起頭。

「對，被同一個人拒絕三次的製作人說過四部都要背。」

我不禁懷疑，製作人難道是在全國民眾面前被拒絕的嗎？

「製作人被拒絕三次的事情，你到底是從哪裡聽說的？」

「你的造型師說的。」

也對，除了店經理還能是誰呢？

「泰民哥，雖然只抽考一部，但我聽說是隨機挑選。你應該四部都要背吧？」

「我知道，但我還是只會背一部。」

「為什麼！」

「哪怕只有一部，我也想背得滾瓜爛熟。」

「萬一沒挑到那部……」

「我就會輸。」

我原封不動複製了神經病的言論，沒想到兩人的反應比我還要激烈。

「哥！就算你已經被塑造成垃圾，也不能現在就放棄，你要成為獲勝的垃圾啊！」

「要不要我宰了你，成為被關進監獄的垃圾？」

喀啦，漢洙向後退了一步。這時，只聽趙賢擔憂地詢問。

「尹理事也同意嗎？」

我點點頭，解釋這就是他出的主意。兩人表情瞬間變得微妙，彼此交換了一個眼神。

「怎麼了嗎？」

「沒有，我只是有點懷疑，尹理事真的都規劃好了嗎？雖然前輩和崔經紀人都相信尹理事……」

「才沒有！經紀人看完預告片，也擔心地說他沒想到會這樣。哥，說不定真的是尹理事失策了。我剛才去了公司一趟，其他經紀人都說尹理事一卸下理事職務，判斷力就下降了，如果你全然相信尹理事的說法、照他說的做，有可能真的會陷入危機。現在就只剩下你一個人還相信他了。」

「我相信神經病，不需要別人的意見。」

「哥，你到底是依據什麼而相信尹理事的？」

「喜歡一個人需要什麼依據嗎？」

兩人同時張大嘴巴望著我。

「哥，我、我沒想到你會說這種話。」

「我會說，而且這次也是我自己想這麼做。憑我的能力，只選一部剛剛好。」

他們似乎覺得我的說法很奇怪，只聽趙賢開口詢問。

「什麼東西剛剛好？」

「這不是戲劇嗎？怎麼可能單純背出臺詞就好？我名義上也是個演員耶。」

現場又陷入一陣沉默。但這次氣氛不一樣了，兩人眼中不再流露擔憂。漢洙過了一陣子才開口。

「哇，不管別人怎麼說，你真的是個超帥的垃圾。」

被漢洙的讚美感動，我睽違許久地出手揍了他。本來想趕他們兩個走，他們卻說要陪我練習，一直賴在旁邊不肯離開。但多虧有舞臺劇經驗豐富的漢洙，我學到了很多，雖然他似乎沒有指導人的天賦。

「不，不是那樣，應該是這種感覺。」

漢洙再次重複稍早的表演。這不是一模一樣嘛。

「哥，你知道差在哪裡吧？」

「明明就一模一樣。」

「呃啊，才沒有！感覺不一樣，我現在演的跟剛才演的……」

幸好趙賢及時插話，總結了情況。

「唉，你以後絕對別想當老師。」

「我絕對不會當的。啊，要是我們教授可以來指導泰民哥就好了。」

「不能找你們教授，沒看到蔡度相會操縱媒體嗎？聽說他在美國讀戲劇的時候，拜約翰·羅威克為師。除非索福克里斯[4]重新投胎，否則我們是贏不了他的。」

漢洙似乎也有同感，忍不住皺起眉頭。

4 古希臘劇作家，古希臘悲劇的代表人物之一。和艾斯奇勒斯、尤里比底斯並稱古希臘三大悲劇詩人。著有《安蒂岡妮》、《伊底帕斯王》等知名希臘劇作。

「約翰．羅威克是誰？」

我詢問後，聽見了他的說明。那是美國的知名導演，還被譽為希臘劇之父。

「我聽說羅威克年事已高，幾乎不導戲了，他還有繼續教書嗎？說不定蔡度相只是看了羅威克的教學影片，就吹噓自己拜他為師。」

「有可能，其實他只說學過演戲，沒說取得學位，搞不好只是去學院上課幾個月就隨意操縱媒體。」

兩人說著蔡度相的壞話，歸納出結論。

「想想才發現，好險泰民哥除了個性很差之外，沒有其他缺點。這樣多好啊？根本沒什麼好騙人的！」

你們兩個是不是欠揍。我揍了他們一頓，兩人才終於安分下來，但此番和平只存在短短五分鐘。

「哥，你有信心很好，可是舞臺劇不是強烈表露情緒就好。雖然舞臺劇要把情緒誇大才能觸動觀眾，但這次是透過電視特寫，需要收斂一點。你現在就像穿了一件不合身的衣服。」

不合身的衣服。漢洙的比喻意外貼切，我點點頭，卻又無法拿捏情緒要顯露到什麼程度。這時，旁觀的趙賢提出了意見。

「我看前輩演戲，想到了一個外國演員。那個演員拍過幾部歷史電影，不知道你看了會不會有幫助？」

是誰？這麼問完後，趙賢說出了一個連我也知道的名字，而漢洙也在一旁附和。

「梅西是舞臺劇演員出身，應該會有幫助。這才想到，真的跟梅西有幾分相似耶。

啊，梅西是那個演員的綽號，他剛開始演戲的時候因為演技太差，被導演罵演技實在太

messy[5]，綽號就沿用到了現在。他真的很了不起，現在演技極為精湛，拍的每部電影都叫好又叫座。這次參演的科幻片也令人期待，大受好評。」

「真的是大受好評。」趙賢難得激動，趕緊繼續說：「因為原作內容艱澀，大家都覺得很難翻拍成電影而撒手不管。再加上是新人導演，沒有人願意投資，光是討論要不要拍就耗費了好幾年。但這部片在許多影評人中造成轟動，他們認定這絕對會成為今年最賣座的電影。聽說美國快要上映了，希望我們這裡也能同步播映。」

兩人認真吹捧著我不知道的科幻電影，被我趕了出去。可惡，我現在哪有空聽其他國家的太空船故事？安靜獨處後，我再次面對現實。這些要什麼時候才背得完？我忍住不嘆了口氣，低頭讀起劇本。

據說這個故事是幾千年前寫的，可能是這個緣故，撇開不是日常用語不說，還有許多令人不解的部分。漢洙說這是比喻與象徵的結晶，但要是再象徵下去，就連作家本人也讀不懂吧。

而且名字也是個問題，可惡。還是韓國最好了，自古以來名字最多只有三個字。要背誦從來沒念過的各個人名，只有一種方法——重複念到記起來為止。我知道自己不是特別聰明，必須反覆練習好幾百遍才能勉強掌握。但聽見別人親口證實這點，心情還是不太美妙。

「還沒背起來嗎？」

在午夜出現的尹傑伊開口問道。

「對，所以你不要干擾我。」

5 凌亂的、雜亂的或骯髒的。

我沒好氣地說完，繼續專注在劇本上。讀了好一陣子都沒聽見任何聲響，抬頭一看，發現神經病就坐在對面看著我。

「你在幹嘛？」

「不干擾你。」

你待在那裡本身就是一種干擾。我在內心咕噥著，語氣生硬地詢問。

「你已經不是理事了，卻還是很忙耶？」

「因為我當理事的時候五分鐘就能搞定的事情，現在花五個小時還解決不了。」

我驚訝地看向他。

「什麼事？」

「為了一部我非常想製作的電影，我必須見到某個人，但對方不見我。」

「所以你等了五個小時才回來？」

「嗯。」

神經病似乎真的累了，只見他放鬆筋骨般左右轉動著頸項。

「製作電影又不是你的工作。」

「那就是我的工作啊，因為你要參演。」

「我？什麼電影？」

「等敲定之後再說。」

他伸手按摩著後頸。似乎是感受到我的目光，他抬起頭來看向我。

「怎麼？想抱我嗎？」

抱你個屁啊。我立刻擺出臭臉。

「等待五個小時能算是苦差事嗎？」

「你做過的工作當中，哪些算是苦差事？」

數種工作自腦海閃過——送宅配、搬運行李和苦工。我想起了瀰漫著白色粉塵的工地，開口說道。

「不記得了，你去睡覺吧。」

「那你呢？」

「繼續在這裡背這個。」

「那你繼續背。」

他雙手在胸前交叉，背靠在椅子上，一副要繼續坐在那裡的樣子。雖然知道不要理他，只要專注背誦劇本就好，但現實卻無法如我所願。他凝視著我的目光一直讓我分心。

「如果你什麼都不做，就回家去吧。」

「我有事要做。」

「什麼事？」

「思考怎麼做才能誘惑你。」

我傻眼地看著他，又果斷搖頭。

「你想得美。我要背完這些，在那之前什麼都不會做，你別作夢了。」

「如果我能讓你全部背起來呢？」

「你要怎麼做？」

「用一個比你浪費時間死背還棒的方法。」

「我很想罵你一頓，但你先說來聽聽吧。」

我「啪」一聲闔上劇本，直視著他。反正我也可以聽完再罵。

「你要運用聯想法。不要只是死背，如果你背到特定臺詞並聯想到自己的記憶，那些臺詞就會內化成為你的一部分。」

「到底是什麼意思？我要怎麼讓自己的記憶和臺詞相關？」

「如果沒有相關記憶，創造出來不就行了。」

那小子親切地笑著站起身，但我怎麼突然有種不妙的感覺？

「你繼續背剛才背到一半的部分，不要看劇本。」

我斜眼看著他走到我身邊，一邊回想剛才背到一半的臺詞。

「因此，並未舉起青銅盾牌，便在戰場的呼喊中靠近，將我燃燒殆盡的——飢餓的阿瑞斯[6]……！」

我倏然一驚。溫熱的觸感自耳後傳來，我想轉頭看向站在身後的他，他的手卻固定住我的頭，讓我無法動彈。

「將我燃燒殆盡的——飢餓的死神阿瑞斯。」

他指出我背錯的部分，一邊揉捏著我的耳垂。

「你在幹嘛？」

「專心背你背錯的部分。」

「將我燃燒殆盡的……」

咕嘟。耳垂上時輕重的觸感讓我很難保持專注。我停下不說話後，他又對著我耳語。

「飢餓的死神阿瑞斯。重新背一次。」

「將我燃燒殆盡的——飢餓的死神阿瑞斯。」

我聽見他讚美了句「很棒」，而後便繼續揉弄著我的耳朵，念出後半句。

6　Ares，希臘神話中的戰神，勇武好戰、嗜殺成性，為宙斯與希拉之子，亦名列奧林帕斯十二主神之一。

「即使急著逼我離開這片土地，也請讓我乘風進入安菲屈蒂[7]寬敞的寢室，或是沒有港口的色雷斯[8]的波浪中吧。」

艱澀難懂的黑色文字在耳中融化，聽見他口中「複誦一次」的指引，我保持專注，試圖重複他的話。

「即使急著逼我離開，也請讓我……呃！」

他忽然咬住我的耳朵。力道不大，卻令我起了一身雞皮疙瘩，差點從座位上彈開。

「即使急著逼我離開這片土地。你漏掉了『這片土地』，重來。」

他的聲音異常溫柔。既溫和又體貼，甜美得如同吃了一大杓蜂蜜。因為太過令人沉醉，我慌張地皺起眉頭。

「即使急著逼我離開這片土地。」

「繼續。」

我轉過身，回頭看向他。

「照這種背法，我一年也背不完。我自己背就好，你走吧。」

「一天就能背完了。」

他一邊保證一邊撥弄著我的耳垂。看見我瑟縮的反應，他輕笑一聲。

「你背的時候也要一起記住這種感覺。只要身體記住了，頭腦就會跟上。」

「可是這麼多，我哪可能全部……」

「正因為不可能一次牢記這麼多臺詞，才需要速成啊。」

「速成？怎麼做？」

---

7 Amphitrite，希臘神話中的海洋女神之一，波賽頓的妻子。

8 位於巴爾幹半島東南部。該地區的邊界在古希臘時代以多瑙河、愛琴海和黑海為界。

他離開我身邊，往後退了一步。

「很簡單，專注在我身上就好。」

我只有在非常小的時候才畏懼過黑暗。畢竟需要燈光時隨時都能打開，而醒來後，也總是待在明亮的地方。因此，我不曉得在清醒狀態下置身黑暗究竟是什麼感覺。眼睛看不見後，先前無法捕捉的細小聲響瞬間變得震耳欲聾，且僅是輕微的碰觸，身體也如同被徹底壓制般不敢動彈。

明明只是被蒙住眼睛，知覺卻加倍敏銳。在胸口緩慢游移的手指在我的乳尖附近打轉，以前的我不會對這個動作產生太大反應，但此時此刻，這卻化為某種難忍的酷刑，讓我被迫興奮起來。

「原來你正在祈禱。若你傾聽我說的話，你的祈禱便會實現。」

他的聲音和要求我複誦的命令傳進耳中。那幾乎是耳語……不，也可能只是我的錯覺。但無所謂了，我已徹底落入他設下的陷阱——雙眼被蒙住，手也被綑綁起來。眼前被黑暗籠罩，被束縛的雙手無法輕易掙脫，一股未知的恐懼倏然將我吞噬。儘管只是隱隱有些懼意，卻足以讓我盲目地遵從對方。渾渾噩噩的大腦尚且無法運轉，迷茫的思緒唯一能做到的，就是服從他的命令。

「原來你正在祈禱。若你……」

另一隻手撫過腹部，沿著肌肉線條探至肚臍下方。我忍不住倒抽了一口氣，圖謀不軌的手卻在那個位置堪堪停住。

「若你傾聽我說的話。」

耳邊再次傳來冰冷的指導。

「若你傾聽……我說的話。」

劇本臺詞下意識脫口而出，但那並非源於我的意志。在胸口打轉的手指猝然加重力道，狠狠摩擦過乳尖，那樣突如其來的刺激在黑暗中顯得加倍鮮明。原本在小腹徘徊的手指繼續往下，只要再稍稍前進，就會觸碰到我的性器。我忍不住焦急起來，耳邊卻再次傳來他要我複誦臺詞的命令。我艱難地開口，注意力卻集中在他的手上。要不是他圈住了我的腰，我大概會直接癱軟在沙發上。

「……你的祈禱便會實現。」

嘴巴不受控制地開闔，我全然無法知曉自己到底念了些什麼。灼熱的手掌來到性器附近，指尖在周遭不懷好意地打轉。耳邊傳來了他「對，就是這樣」的讚美，但我實在沒信心能繼續下去。

「我與那起事件無關，也不熟悉這個故事，所以才能說出這種話。」

「我與那……我不知道了。」

腦袋徹底當機，我的全部注意力都聚集到在性器附近逗留的手指上。

「我與那起事件無關，也不熟悉那個故事，所以才能說出這種話。」

他又複誦了一次。我一邊努力忽視撫摸自己的手，一邊沒好氣地開口。我無法說自己做不到。儘管他的聲音帶著某種不容置疑的壓迫，我卻並未抗拒。若在平時，我大概早已不管不顧開始掙扎，此時此刻，我卻本能地遵從著他，乖乖照著他說的做。又或許，是被剝奪的視野和被禁錮的雙手讓我根本無從反抗。

「我與那起事件……」

他的手迅速擠進腿間。我瞬間屏住呼吸，性器在他的觸碰下逐漸挺立。然而，一旦口中的臺詞中斷，他的手便會立刻停下。在揉弄胸部的手指也停止動作後，欲望得不到滿足的焦躁迫使我繼續開口。

「……無關，也不熟悉那個故事，所以才能……」

我努力回想後面的字句，茫然的大腦卻怎麼也想不起來。

「說出。」

他給了我一點提示。說出、說出……

「說出這種話。」

我迅速說完。與此同時，他的手也握住了我性器的根部。該死。我仰起頭，憋住來到嘴邊的咒罵。

「真棒。」

讚美的同時，他將我的身體拖了過去。背靠著精壯的胸膛，我感受著他隆起的褲襠正頂著我的屁股。炙熱的溫度隔著布料，彷彿要在我身上燙下烙印。

他低沉的命令又一次傳來，我卻再也無法保持專注。被握住的性器奪去了我全數心神，但遲遲沒有動作的手卻讓我的喉嚨一陣乾渴。我舉起被綁住的雙手，剎那間，貼在耳邊的唇朝我的耳朵咬了一口。輕輕的啃咬並未帶來任何痛楚，我卻倏然一驚，彷彿即將被捕食的獵物般縮了一下身體。隨後，我聽見了他的低笑。

「就叫你保持專注了。」

專注？到底要專注在哪裡？他湊到我耳邊，再次念出劇本的臺詞。只不過，每說出一個詞彙，他的手就在我的性器上揉弄一下。間歇的愛撫讓身體微微顫抖，我知道自己必須服從，他才會給予我渴求的獎勵。被手撫摸過的地方隱隱發燙，那不上不下的刺激令我內心一陣焦灼。

雙眼依舊不能視物，雙手仍是無法動彈，我如同一尾離水的魚在他腿上掙動，難以紓解的欲望越發高漲。他的手僅是輕輕撫摸，性器便隨之興奮地顫抖，頂部開始泌出清液。我焦躁地等著待著他的指引，像個牙牙學語的孩子般盲目複誦著一個個不明其義的詞彙。

「合在一起，一口氣念出來。」

什麼？與此前截然不同的命令，讓我一頭霧水地反問，卻只得到他的手離開性器作為回答。我剛才都念了些什麼？我努力回想，卻怎麼也想不起來。摟住我的手臂已然離開，就連背後倚靠的身體也隨之消失，徒留一股涼意。

「我記不得了。」

那瞬間，我的身體猛然被往後推。背部和頭部一靠上沙發，遭到綑綁的手立刻被舉至頭頂。他擠進我的腿間，牛仔褲粗糙的觸感在大腿根部隱隱摩擦。喀啦一聲解開皮帶後，拉鍊被拉下的聲音也隨之傳來。明明什麼都看不見，我卻能想像他粗長性器彈出的模樣。那樣炙熱的溫度、那樣碩大硬挺且隨時準備將我填滿的性器，讓我的呼吸忍不住急促起來。

「因為你沒有專注在我身上。」

他聲音冷靜，手指卻沿著我的胸口一路緩緩下移。

「你只要傾聽我的聲音、感受我的動作就好。」

「……我已經在這麼做了。」

我喘著氣回答。要做到並不難，畢竟我現在能做的也只有這件事。他的手逐漸往下，指尖在穴口處輕輕揉弄。突如其來的刺激讓下腹倏然緊繃，後穴在手指的挑逗下微微開闔。我真的比任何時刻都更專注在他的身上，他手指探入的同時，我差點忍不住發出呻吟。不知不覺間，手指已在潤滑液的幫助下在後穴順利進出。他一邊增加手指的數量，一邊問道。

「你所謂的專注就只有這樣？」

「不然……要我怎樣？」

「一心只想著我。」

我感受到他的聲音從我的唇上傳來。三隻手指在體內恣意攪動，摩擦著敏感的內壁。射精的衝動在下腹隱隱聚積，但也就僅此而已。他忽然停下動作，將手指拔了出來。我喘著氣，焦急地回答。

「知道了……我只想著你就是了。」

「證明給我看。」

證明？怎麼證明？

「告訴我，你現在想做什麼。」

我頓時語塞。答案以令人措手不及的速度自腦海一閃而過，然而我卻恥於將它訴之於口。

「你沒有想做的事嗎？」

這麼問的同時，他上半身緊貼在我的下腹。如同我的想像，硬挺而滾燙的性器存在感異常強烈。媽的。我再次在心中咒罵。

「沒有嗎？」

他一邊詢問，一邊緩緩移動。我的性器在他結實的腹肌上滑過，一股微熱的癢意倏地在小腹綻開。

「我……」

他將我的手舉得更高，在我耳邊悄聲耳語。

「聽不到，說清楚。」

「我叫你幹我。」

媽的。這次我還是忍住了咒罵。真奇怪，我居然會變得根本不像自己，不僅沒有破口大罵，甚至對他百依百順。他貼著我胸口的身軀緩緩挪開，聲音也漸漸遠去。

「怎麼幹你？」

他低沉的詢問夾雜著衣服布料摩擦的窸窣。啪啦，物品落地的聲響傳了過來，我知道，那是衣物墜地的聲音。

「直接來……」

「什麼叫『直接來』？說清楚。」

他強硬地掰開我的雙腿，不太舒服的撕扯感從腿根處傳來。不過，比起羞恥和不適，此時占據大腦的是莫名的熟悉與隱隱的期待。

「你希望我怎麼幹你？」

「……粗暴一點。」

——粗暴一點。

他複誦著我的話，並照著字面意思付諸行動。滾燙而粗長的性器一口氣將我填滿，身體被不受控制地往後一推，高舉至頭頂的手好不容易才抓住沙發邊緣。

不消片刻，他挺進的力道便將我頂得不住晃動，抓著沙發的手也被迫鬆開。他雙手扣住我無助擺動的腰，隨著每一次侵犯將我狠狠扯向他。黑暗迫使我只能專注感受著他在體內撻伐的性器，碩大的肉棍摩擦著內裡敏感的嫩肉，電流般酥麻的快感在下腹流竄，我彷彿回到了第一次射精的時刻，就這樣沉溺在那令人大腦空白的瞬間。

他像野獸般攻城掠地，每次深入都令痙攣的腸壁跟著顫動。彷彿要融化一切的快感舒服得讓我幾近瘋狂，清醒時根本不可能發出的呻吟就這樣從口中溢出。但我管不了那麼多了。肉體碰撞的聲響清晰傳來，其間夾雜著我被欲望支配的呻吟和他漸趨急促的呼吸，這令人耳熱的聲響化作綿延不絕的快感，倏地在我腦中炸開。

「說說看，有什麼感覺？」

他低啞的詢問悄聲傳來，彷彿某種誘人墮落的蠱惑。啪一聲，拔出一半的性器再次狠狠挺進。身體被迫在沙發上來回晃動，粗糙的布料摩擦著光裸的肌膚。迷迷糊糊之間，他似又問了一次。

——怎麼樣？嗯？

「嗯……啊……媽的，很爽。」

我好像聽見了他促狹的輕笑。意識在支配著肉體的欲望中載浮載沉，眼睛依舊被一片黑暗籠罩，雙手也未曾脫離束縛，而我就這樣仰著頭，跨坐在他的大腿上起起伏伏。

想當然，背劇本的計畫徹底以失敗告終。

拍攝第三天，攝影團隊要我前往某間大學的大型劇場。因為行程比藝人繁忙的現場經紀人不在，我又是自己開車抵達。進到裡面時，才發現拍攝已經開始了，但主角並不是我。

舞臺上的蔡度相，正在一對中年男女的指導下讀著劇本。那個中年男人我沒見過，但女人我一眼就認了出來——是韓莉燕。因為事前不知道拍攝內容，看見韓莉燕在場，我的確有些驚訝，但驚訝程度遠不及身旁兩人。

「那是誰？」

「就是說啊，經紀人。」

「到底是誰？」

「你覺得會是誰呢？經紀人。」

社長與店經理反覆詢問彼此相同的問題。我通常不怎麼想加入他們的對話，這次卻被煩到忍不住插嘴。

「一看就是韓莉燕啊。」

兩人傻眼地轉頭看我。我還來不及問「怎麼了嗎」，社長就直接開罵。

「誰不知道那是韓莉燕啊？我們問的是旁邊那個人。該死，被拒絕三次的製作人居然沒給我們時間調查，就找了陌生人過來。雖然那個男人和韓莉燕年紀相仿，但對於男女老少通吃的絕世花花公子來說，豈不是很棒的獵物嗎？」

我不想追問絕世花花公子是誰。看來兩人如此坐立難安，是來不及私下調查被迫分配給我的獵物。尤其是店經理，只見他面色凝重地問道。

「你有被長相油膩的五十歲男人吸引的傾向嗎？」

我本想回答「我一看見長相油膩的五十歲男人就想揍扁他」，又堪堪忍住了。

「兩位請放心。我又不是瘋了，怎麼可能對那種大叔感興趣？旁邊還有韓莉燕在耶。」

也對，還有韓莉燕在。兩人深有同感地點了點頭，又猛然轉頭看向我。難道他們懷疑韓莉燕也是我的獵物嗎？幸好並非如此。

「你怎麼可以直呼演員前輩的名字？應該加上尊稱吧？」

「對啊，韓莉燕可是知名演員，你居然沒有加上任何尊稱就直呼人家的名字？我對你太失望了。」

我才對你們非常失望。

「你們知不知道韓莉燕做了什麼……」

話說到一半，我立刻驚覺不妙閉上嘴巴。社長還不知道神經病已經因為韓莉燕被趕出公司了。

「韓莉燕做了什麼？」

「就……涉嫌殺害兩任前夫……」

「那不是事實。」店經理強烈否認，「韓莉燕女士絕對沒有殺害前夫，不管其他人怎麼說，她都是真心愛著兩任前夫。」

「店經理，你怎麼知道？」

「因為我是韓莉燕女士粉絲後援會的優秀會員。順帶一提，社長是名譽會員。」

好吧，沒想到敵人近在咫尺。我看著兩人，認真地告訴他們。

「很抱歉要讓兩位失望了，韓莉燕是我們的敵人。她不只是蔡度相的靠山，還找了和夢想打對臺的公司代表合作，要阻撓夢想製作的電影上映。」

「所以呢？」

什麼叫「所以呢」？既然你們將我身邊的每個人都調查得徹徹底底、逮住他們每一個弱點，應該也要去調查那些人啊。說到這個，我指著待在舞臺下方的鄭義哲。

「你們知道那傢伙是蔡度相的經紀人吧？要好好盯著他，他對尹理事……」

「喔，傑伊的那個大學同學？哈哈，當然要好好盯著他，對他好一點。傑伊說不用花心思在他們身上。」

尹傑伊說的？為什麼要說那種話？他真的有隱藏的王牌嗎？和他先前打倒金會長的時候一樣？我短暫陷入沉思，社長卻輕輕捶了我一下，問道。

「是說，今天到底要拍什麼？」

這不是經紀人該詢問演員的問題，但我已經習慣了。反正所有雜事都是我自己包辦。能給出回答的製作人，正好待在拍攝中的舞臺附近。

「製作人在那裡，我去問問他。」

「不，我來問吧，這是經紀人的職責。」

社長雀躍地走向前，他會這麼做才不是出於經紀人的職責，而是帶著身為粉絲的私心，想近距離觀看韓莉燕。我看向身旁的另一個粉絲。

「你不去嗎？」

「我只要這樣遠觀就心滿意足了，畢竟距離產生美。當然，我在工作時也不會夾雜私人情感。」

幸好他待在私人情感氾濫的社長身邊，並沒有跟著動搖。我在心中這麼嘟囔的同時，聽見了店經理的喃喃自語。

「如果拿掉粉絲濾鏡，我認為韓莉燕女士真的有可能殺害前夫。」

「你指的是她不讓前夫吃藥的事嗎？她主張是深愛對方，想用自然療法替他治療，已經獲判無罪了。」

「也可能不是因為愛。」

「不然是因為什麼？」

「答案就在她極力想隱瞞的那張紙條上吧？」

我每天都想品嘗你給予我的黃金。如果你愛我，不想讓我難受，就別吃藥了。

我回想著紙條內容，這次卻依然摸不著任何頭緒。

「如果找到答案，就不需要理會那些人了。」

這時，幾個學生從後門走了進來。

「教授旁邊的人不就是韓莉燕嗎？」
「對啊，聽說教授跟她很熟。」
從竊竊私語的內容聽來，他們似乎是戲劇系的學生。在學生們的交頭接耳中，店經理淡定地說著。
「應該有人已經找到答案了。」
我本想反問一句「什麼」，負責今天拍攝的製作人卻呼喚了我。
「李泰民先生，要準備拍攝囉。」
「拍攝內容是什麼？」
「你沒聽說嗎？」他皺著眉頭問完，才簡略說明：「因為要背希臘劇的劇本，想拍你們各自帶指導者過來接受指導的畫面。韓莉燕負責協助蔡度相，而李泰民先生會由這裡的教授提供幫助。蔡度相先生快拍完了，接下來輪到你了。」
「我不認識那位教授。」
「沒關係，你只是要接受他的指導。」
「但他也不是我帶來的人。」
「李泰民先生。」
「是。」
「廢話少說，隨便拍一拍吧。」
「真的可以隨便拍一拍嗎？」
「唉，就隨便拍吧。」
製作人的語氣帶著些許不耐煩。既然可以隨便拍，那我只好照做了。蔡度相接受韓莉燕指導的場景似乎還沒拍完，今天眼睛也油得發亮的申製作人就站在兩人附近。

申製作人看都不看我一眼，只顧著奉承韓莉燕，嘴巴幾乎沒停過。在我準備拍攝的同時，企劃拿了流程表過來向我說明拍攝內容。大致瀏覽後，我發現一個疑點。

當那位教授指導完畢，我遵從他的指示演出後，教授將大聲斥責我，而這個過程會重複三次左右。最後，教授會表示自己教不下去了，將劇本丟在地上並離開舞臺。抬頭一看，原本凝視著我的企劃立即迴避目光。

「請你先熟讀內容。」

企劃丟下這句話就離開了。難道一定要照劇本走嗎？

「不一定要照劇本演出。」

替我解惑的聲音，來自一個我一點都不想見到的人——自從拿我弟的事情威脅我之後，第一次見面的鄭義哲。而他依舊是一副笑臉迎人的模樣。

「請你的經紀人去向製作人抗議吧。啊，可是你的經紀人和造型師現在正忙著向韓理事要簽名耶。那你的現場經紀人呢？這才發現，好像沒看到他？」

「你那麼想念他的話，就去做個人形立牌自己帶著吧。」

「也沒有那麼想念，但還是會擔心。他該不會又為了求某人和他見面，在辦公室前呆坐枯等五個多小時吧。」

明明不是當事人，我卻感覺自尊心有些受挫。鄭義哲仔細端詳我的表情，忍不住笑了出來。

「其實我非常好奇，尹傑伊會如何挺過他第一次經歷的這場磨練？」

「我一點也不好奇。」

「這樣啊？」

「對，不好奇你被尹傑伊狠狠修理之後，要怎麼挺過去。」

很奇怪吧？一開始以為他的笑容和尹傑伊習慣露出的微笑差不多，現在卻發現差異簡直明顯得可笑。雖然兩人的笑容都不是發自內心，鄭義哲的笑卻更顯虛偽。可能是他的笑容是練習後的成果，不像尹傑伊是自然流露。在鄭義哲像現在這樣嘴角用力維持弧度的時候，我更確定了。

「真令人失望，我當然會順利挺過，畢竟我不像尹傑伊天生要什麼就有什麼，我從小到大經歷過許多磨練。這是尹傑伊經歷的第一次磨練，身為他的愛人，你要在旁邊好好為他加油喔。」

「何必呢？對一個神經病來說，這根本不算磨練吧。」

這次他是發自內心大笑了。這種笑聲反而還比較好，我一邊這麼想著，一邊拋下他走到外頭。我對鄭義哲說的都是事實，對尹傑伊來說，這種小事根本稱不上磨練，一定是這樣。說他天生要什麼有什麼，一路過得順遂，所以應該經受磨練？別笑死人了。

人生沒有正確答案。即使尹傑伊活得像個神經病，也不代表他錯了。那為什麼其他人老是對他的人生說三道四？我獨自嘟囔著，準備走回室內的腳步卻倏然停駐。剛才在裡面看到的那群學生，正在入口處交談。

「教授原本不是說他想認識的人在夢想工作嗎？他之前還說過韓莉燕的壞話。」

「對啊，我也有聽到。沒想到韓莉燕一來，他就整個人貼上去。我們也只能聽教授的話了。聽說和韓莉燕一起來的演員是她姪子，隸屬K娛樂公司旗下，而韓莉燕和那間公司的代表好像關係匪淺。」

「K娛樂公司？可是我比較喜歡夢想耶，也想在夢想展開演藝生涯。那個叫李泰民的演員不就是夢想旗下的嗎？去跟他的經紀人打聲招呼……」

「欸，別去。」

我聽見有人低聲制止。雖然後面的話有點模糊，但我聽見了一些關鍵字——被趕出去的前理事。那人似乎清楚知道夢想的情況，解釋了一陣子後，其他人都露出出奇一致的反應。

「哇塞，超級亂來的耶？」

「原來是這樣，難怪教授會巴結韓莉燕啊。」

「現場經紀人？是誰？我想去看看。真搞笑，居然為了愛人被趕出公司，還跑去當對方的現場經紀人？這會上新聞吧。」

那些學生嘻嘻哈哈地走遠。我走到門前，卻無法輕易踏進去。該慶幸神經病沒聽見那番話嗎？

「要是我上新聞，至少會是顛覆國家的大事。」

嚇！嚇我一跳！我是真的被嚇到了。聽見身後突然傳來的聲音，我猛然回過頭，發現神經病正站在那裡。

「你什麼時候來的？」

「你幹嘛不進去，還偷聽別人說話？」

「我哪有偷聽？他們說的話根本不值得回應，我只是覺得很傻眼，才會站在那裡。」

「那你就不要在意。」

他拉著我的手，把我帶進劇場。你去辦的事順利嗎？讓你枯等五個小時的人今天願意見你了嗎？許多問題在腦中盤旋，我卻一個也問不出口。然而，除了我以外，似乎還有一堆人想問尹傑伊問題。走向舞臺的過程中，身為主角的尹傑伊一路都受到眾人矚目。尤其是韓莉燕一伙人、學生和教授都眼神發亮，似乎想親眼目睹為愛丟掉工作的理事的尊容。當然，其中一個人的眼神比任何人都更加熾熱。

「傑伊，你來啦？咳咳，有沒有好好吃飯？」

社長故作漠不關心地詢問，雙手卻不知不覺拿起海苔飯捲。那不是我提前買好要當午餐的海苔飯捲嗎？他以為神經病今天不會出現，就叫我自己去買海苔飯捲當午餐。

「有。」

神經病簡短回答後，先是瀏覽了流程表，然後噗嗤一笑。待在他附近、被拒絕三次的製作人，一臉莫名緊張地觀察他的反應。這才發現，他是其中一個即使尹傑伊卸下理事職位，仍沒有隨便對待他的人。神經病沒有理會他，自顧自抬頭望向舞臺。剛才暫停的拍攝又開始繼續進行，只見蔡度相以舞臺腔大聲念出臺詞。

「大人，我不會說自己一路狂奔，跑得上氣不接下氣，也不會說自己馬不停蹄地行走，因為我曾出於擔憂，在途中停下，還屢次轉身想要回頭。」

他使用了舞臺劇的手勢與動作。儘管不曉得是哪一段，但從「大人」這個稱呼來看，那並不是上位者的臺詞。所以我覺得奇怪，他的語氣和口吻怎麼像個將軍啊？然而，負責指導他的韓莉燕卻點了點頭。

「換氣的部分非常好，你說你在美國上課的時候演過《安蒂岡妮》？」

「對，我飾演海蒙[9]。」

「李教授，你怎麼看？」

韓莉燕提問後，教授也點點頭。

「如同韓莉燕女士所說，發聲和呼吸都很好，應該有受過專業訓練。」

在他們展開讚美接力後，拍攝終於結束。現在準備輪到我了。我走上舞臺，教授瞟

9 Haemon，克瑞翁之子，安蒂岡妮的未婚夫。

了他即將指導的我一眼。

「就算指導你，你聽得懂嗎？」

他的這句咕噥在舞臺上顯得特別大聲。我感覺製作人正盯著我，但我只專注於自己要念出的臺詞。那是我沒背過的、名為《安蒂岡妮》的作品。我就只是粗略讀過一次而已。

「就是說啊。」

插話的人，用眾人都能聽見的音量說道。我轉頭看向神經病。

「對於沒有受過正規訓練的演員來說，短短三十分鐘的教學有什麼用？即使教授是電視圈的知名老師，也不可能在三十分鐘內教會他什麼。」

聽到神經病的言論，教授露出不悅的表情。

「你就是尹理事吧？很謝謝你這麼說，但是……」

「我現在的身分是李泰民先生的現場經紀人。還有，不用謝我。我常聽電視劇的製作人讚嘆教授的指導，這間學校的戲劇系以栽培一堆垃圾聞名，你把學了幾年依然聽不懂人話的垃圾教成那樣還送上電視，當然應該受到稱讚了。」

神經病活靈活現地展現出他笑著挖苦別人的專長。第一次聽見這般冷嘲熱諷的教授，立刻大聲怒斥。

「申製作人！我為什麼要被他這樣指控！在這種狀態下，我什麼都做不了！」

可能是身為戲劇系的教授，他罵人的口吻和節奏都非常棒。拍攝還沒開始，現場就已經亂成一團。申製作人一邊安撫教授，一邊將他帶離現場。這時，神經病似乎感到無趣，轉頭朝另一個人發出挑釁。

「韓理事，我們終於見面了。妳今天血壓還好嗎？要健健康康的喔。雖然妳強迫前夫健康飲食，還殺了他們，但妳要連同他們的分一起活下去，他們在天之靈才能瞑目吧？」

他本人大概不認為這是挑釁，聽者的表情卻肅殺得彷彿要將空氣凝結。韓莉燕蹺著腿坐在舞臺前方的觀眾席上。

「你被夢想趕出來，就變得目中無人了？」

「應該還是比看不清現實的韓理事好吧？啊，自然飲食無法治癒老花眼嗎？」

韓莉燕面無表情盯著神經病，又將目光轉向我。

「聽說他是你的弱點？除了耍流氓外，還有其他人聽了也會覺得精彩萬分的過去。只有我們知道真是太可惜了，不如跟社會大眾分享吧。鄭室長，聯絡記者。」

韓莉燕一聲令下，鄭義哲笑著拿起手機，卻沒有按下通話鍵。只見聽聞此言的神經病倏然噗嗤一笑，咕噥道。

「要打電話啊？我也有很多人可以聯絡。」

接著，他慢悠悠地掏出手機並撥出電話。對面似乎馬上就接通了，他對著電話另一頭的神祕人士說道。

「是我。現在打過去的話，韓莉燕女士會接。」

神經病剛掛斷電話沒多久，韓莉燕的手機就響了。韓莉燕看了眼手機螢幕，似乎是個陌生號碼。一旁的鄭義哲勸她不要接，然而此番勸阻顯然無法壓抑她的好奇心。韓莉燕瞪著神經病，接起了電話。

究竟是什麼人？眾人都十分好奇，卻摸不著任何頭緒。理應說出對方身分的韓莉燕拿著手機一語不發，表情也沒有任何變化。所有人默不作聲，只是盯著她看。在莫名奇妙又簡短的通話結束後，韓莉燕命令鄭義哲。

「先不要聯絡記者。」

「韓理事，對方是什麼人……」

「叫中製作人過來，我要準備走了。」

韓莉燕從觀眾席起身，也不知道發生了什麼，她看都不看神經病一眼，便率領一行人離開表演場地。所有人的想法大概都和我一樣，好奇那通電話究竟是誰打來的。我轉頭望向神經病。

「你剛才打電話給誰？」

「韓莉燕前夫的兒子。」

「告她的那個兒子？他對韓莉燕說了什麼？」

「這個嘛，應該是能讓韓莉燕憤而離場的事吧。」

「所以到底是什麼事？」

神經病只是輕拍我的肩膀，便轉頭環視周遭。大家都盯著我們看，甚至豎耳傾聽神經病要說的話。幸好，門口傳來的動靜將人們的注意力吸引了過去。帶教授離場的申製作人似乎遊說失敗，只有自己獨自歸來。不過，他臉上並未顯露任何惱怒，只是表情不耐煩地詢問神經病。

「接下來打算怎麼辦？」

「繼續拍攝啊。」

「教授已經離開了。」

「那太好了，由我們準備的人選參與拍攝就好。」

什麼？原來我們也有準備人選嗎？申製作人驚訝地掃視周遭。

「是哪位？還沒到嗎？」

「不，剛才就到了，就在你面前。」

神經病指向一個人。眾人的目光瞬間望向坐在觀眾席中間，剝開海苔飯捲包裝袋的社長。那是我的海苔飯捲。他明明說不吃，所以我只買了我和店經理的份。傻眼和憤怒的情緒一齊在我的胸口隱隱沸騰。

「那不是李泰民先生的經紀人嗎？」

中製作人錯愕地反問，轉頭望向負責我的製作人，問了句「你怎麼看」。我理所當然以為他會提出反對意見，沒想到製作人卻意外點頭同意了。

「經紀人的話可以啊，應該能湊到不少分量。」

湊到分量？我實在不懂他這句話到底是什麼意思。在拍攝初期，被同一個人拒絕三次的製作人是這麼說的。

「這是實境節目，如果不希望只照著節目設定和劇本拍攝，你也可以主動爭取鏡頭。多說一些話、多做一些動作，不要靜靜待著。只要不是太誇張，我通常不會干涉。」

我不是話多的人，也沒有因為行程繁忙經常東奔西跑。就算要拍攝，也只有宿舍和辦公室可以拍。但我既沒拿到劇本，也沒有被要求安排相關行程。既然這樣，我出場的時長在五十分鐘的節目裡，一定只有一分鐘左右。否則神經病指名社長來指導我，製作人根本沒理由同意。聽完他的意見，中製作人如同煩惱煙消雲散般，爽快地作出決定。

「那就讓他準備拍攝吧，沒時間了，動作快！」

接獲命令的工作人員迅速展開動作。愣住不動的只有剛把海苔飯捲塞進嘴裡、還來不及咀嚼的社長，以及午餐被搶走的我。

人不可貌相，說不定社長曾經是個對演戲滿懷熱忱的天才演員，誰知道呢？當然，這份期待終究只是我的幻想。

「嗯，好。」

雖然社長是忽然被叫到舞臺上指導我，可他已經來回翻著劇本、只會說出這句意義不明的話將近五分鐘了。畢竟是心愛的姪子提出的要求，他一定會照做，但他的表情明顯寫著「這是什麼鬼東西」這幾個字。

「要我先試試看嗎？」

「好！這樣，咳咳，這樣比較好。」

他大力贊成，表情終於放鬆了一些。我決定不問他要從哪個部分開始了。我自顧自念出在《伊底帕斯王》的劇本中，已經背熟的部分。

「一群可憐人！我知道你們為何而來，也知道你們所有人都置身痛苦之中——」

「等等。」

我念出《伊底帕斯王》的臺詞時，社長舉手打斷了我。

「你的語氣是怎麼回事？」

「這是舞臺劇的口條。」

為了呈現這部分，漢洙幾乎花了一整天指導我。當然，我不可能只練習一天就表現得爐火純青。

「我還以為你在參加演講比賽。」

「現在這年頭還有演講比賽嗎？」

「什麼？沒有了嗎？已經沒有了嗎？為什麼！」

社長忘了正在拍攝，激動地大喊。那不是重點吧？我忍住嘆氣，安撫他道。

「如果認真找，應該還是找得到。你為什麼那麼激動？」

「因為我小時候唯一得過的獎，就是演講比賽。」

平時的我，一定會向他投以悲哀的眼神，並迅速離開現場；但現在有攝影機在，我只能選擇沒誠意地敷衍了事。

「這樣啊，一定很厲害吧。」

「不，英達比較厲害。」

「了解，你一定感到很可惜吧。」

「說著說著，突然開始想念英達了。」

太突然了吧？我感到十分荒謬，卻又想起他本就是這種話題跳來跳去的性格。我本來想請社長看一下劇本，自己趁機吃點午餐，沒想到社長卻先發制人。

「英達在我遭遇困難的時候，常常請我吃飯，要我加油。」

他突然哽咽，語氣中透出對朋友的思念。唉，真是的。

「那就找時間跟他聯絡啊。」

「沒人知道他的聯絡方式。他被老婆趕出家門了，連他的家人也沒有他的消息。」

明知不能被他的話題帶偏，我還是不自覺地追問。

「為什麼？」

「因為他和小姨子搞外遇。」

小姨子？這人是王八蛋吧？看見我的表情，社長趕緊替英達說話。

「不是真正的小姨子，只是和他老婆情同姐妹的互助會妹妹。」

「但他被趕出去的確是活該。」

「是這樣沒錯，但英達不知道那個女人是他老婆的好姐妹。他是和老婆分居、獨自住在其他地方的時候認識那個女人的，雙方都不知道他們的共同交集是英達的老婆。總之，英達的老婆因此受到打擊而病倒，還住院治療了很久。英達不是沒救的垃圾，在老婆病倒後他深受罪惡感譴責，就把所有財產留給老婆，自己淨身出戶了。有傳聞說他去了島上，也有人說在首爾車站看到他露宿街頭。」

我不知道話題為何演變成英達的人生，但要回歸原本的話題似乎已經太難了。沒想到，這只是我單方面的誤判。

「突然發現，英達和伊底帕斯王很像耶。」

「到底哪裡像了？」

「英達從小到大都被算命師提醒要小心女人。而且英達姓玉，玉字去掉一點，不就變成王了嘛？這不偏不倚，正好就是英達的故事。」

「……」

我默默低頭看著劇本。幾千年前寫好、和我八竿子打不著的故事，突然變得平易近人許多。當然，伊底帕斯被拿來與英達相比，一定感到相當委屈，但話又說回來，世上每件事不都大同小異嗎？

「這麼說來，世上的每件事都很像。」

社長彷彿讀出了我的心思，這麼說完又看向劇本。

「這部戲劇能夠流傳多年、發展成舞臺劇，不就是因為它的內容在這個年代也能被理解嗎？」

「應該是吧。」

「那就演得簡單一點，你現在的口吻太奇怪了，刻意呈現演出舞臺劇的樣子，內容一點都不觸動人心。」

我翻開劇本，瀏覽自己剛才背誦的部分，然後將擺在舞臺一角當成道具的椅子拉到中間，揮手示意社長坐下。我朝他走遠幾步。

「一群可憐人。」

我用比剛才低沉許多的聲音說著，一邊俯視社長。不再是舞臺腔，而是我自己的說話方式。不過，更高傲、更有力一些。

「我知道你們為何而來，也知道你們所有人都置身痛苦之中。」我停頓了一下，揚起下巴，「不過，無論你們遭遇何種苦難，都沒有我痛苦。」

我是國王。我高踞萬人之上，統治支配著一切。解決在我的治下發生的問題，是我證明自己能力的方式。我為王國的困境而悲傷，憤怒的情緒卻凌駕其上。為此我得找出答案。

「你們是為了自己痛苦，而我不一樣。我的靈魂是為了國家、我自己和你們而悲傷。並不是你們悲痛的哀求將我從沉眠中喚醒，而是我早已淚流滿面，一直清醒地在諸多思緒間徘徊。」

中間似乎背錯了幾個地方，但我不以為意。現在重要的是找出答案，即使要向神請示。

「因此，等派往面見神祇的克瑞翁[10]歸來，我將一字不漏地實踐神的旨意。」

或許是要使用舞臺腔的壓力消失，我沒有忘詞，一鼓作氣念出了一長串臺詞。我徹底沉浸於國王的情緒，內心湧現想找出災難根源的迫切。連我自己都對此感到訝異。沒聽見祭司的回應，才終於讓我回到現實。

攝影機在周圍拍攝，所有人一動不動地望著我。為什麼大家好像很驚訝的樣子？不過，至少有兩個人展現了截然不同的反應，一個當然是神經病，另一個則是申製作人。

10 Creon，柔卡絲塔的兄弟。希臘神話中，在伊底帕斯的兩個兒子因爭奪王位互相殘殺身亡後，成為底比斯國王。

只見他正勾起一邊嘴角笑著。他是覺得我的演技很搞笑嗎？我本想向他詢問，但拍攝沒有中斷，於是我將目光轉回前方。社長依然在我面前，只要他念出祭司的臺詞，我就可以接著說出下一句，然而他卻沒有任何動作。

「經紀人。」

「嗯？」

「要繼續嗎？」

「嗯。」

只有我一個人繼續背的話，應該湊不到多少分量吧？是不是要聊起玉英達第二集？我擔心拍攝時長的同時，又瞄了製作人一眼。他迅速擺手示意我繼續。社長可能也看見了他的手勢，趕緊找到祭司的臺詞，念了出來。

「您！這！番！話！說！得！正！是！時！候！」

嚇我一跳！還以為耳膜要被震破了。除了我以外，還有幾個工作人員也被嚇得倒退了幾步。社長一心專注在劇本上，還為了念出下一句臺詞而深吸一口氣。

「克端翁！正在！回來的路上！剛才！這些人！已經！呼……向我！發送……信號了！」

他充滿自信地高聲疾呼，讓我不忍心指責他，不是「克端翁」而是「克瑞翁」。然而，有個問題我卻不得不開口詢問。

「舞臺腔太重了吧？」

「因為是舞臺劇啊。」

「……」

「所以你再重演一次吧。」

「什麼？」

「這是像舞臺劇、又不像舞臺劇的日常口吻。」

什麼？我差點忘了還在拍攝，和他吵了起來。

「我不懂你的意思，請你說明得清楚一點。」

聽見我說的話，社長嘖嘖咂嘴。

「你果然還有許多要學習的地方。你聽不懂我說的嗎？這是具有舞臺劇色彩的日常口吻，是一種像是舞臺劇，但傳達內容時又不給人壓力的舞臺腔。哎喲，你聽不懂嗎？嗯？」

在我憤怒的眼神中，看見了一群開心得眼神發亮的製作人。

對決當天終於到了。因為四部作品我只背了其中一部，獲勝機率相當渺茫，我只能祈求幸運眷顧，抽中《伊底帕斯王》。要是輸掉這場對決，我的心情一定會非常不美妙。不過，下午還有一件事會讓我的心情更是糟糕透頂。今天是節目第一集播出的日子，就如同預告片剪輯般，我肯定是個十惡不赦的惡霸，而蔡度相則會被塑造成楚楚可憐的受害者。

要是第一場對決輸掉，就算我摒除內心雜念，應該還是會非常不爽。所以希望幸運能眷顧我，助我取得勝利。就這麼做足心理準備後，我走進第一天拍攝的攝影棚。雖然數量不多，但這次有觀眾前來觀看我們錄影。既然有觀眾在場，他們應該不會耍什麼卑鄙的花招吧？我內心剛產生這種懷疑，陌生的工作人員便走了過來，將麥克風別在我身上。這時，此前見過幾次面的企劃走近，沒有直視我的眼睛便開口說道。

「規則改變了，從四部劇本只抽考一部，變成四部劇本各抽考一部分。」

「……」

她假裝查看流程表，又抬頭瞄了我一眼。

「你沒聽到嗎？」

「我有聽到，妳說四部都要背。」

企劃回應「是的」，便迅速前往另一個地方。我望著她逃跑般遠去的背影，又將目光轉回舞臺上。比我早到的蔡度相正在舞臺上和主持人有說有笑，他身後還有張熟面孔。前幾天到學校拍攝時見過的教授正坐在評審席上。居然安排一個對我們——確切來說是對神經病反感的人擔任評審？我再次深刻意識到這個節目究竟是為了誰而打造的。可能是這個緣故，蔡度相臉上的表情明顯表露出勝者之姿。規則突然改變的原因，我也不好奇了。

「因為蔡度相團隊的人堅持，規則就改了。」

突然聽見的低語，讓我垂下仰望著舞臺的目光。她是先前來幫我做拍攝前準備的工作人員。她一邊整理掛在我身上的麥克風線，一邊繼續說。

「當然，他們是得知你只背一部的消息，才決定這麼做的。聽說他們四部都有背，但只背了今天會抽出的部分。」

為什麼要跟我說這些？比起蔡度相的陰謀，我更好奇她告訴我這些事的原因。

「安插自己指定的人選擔任評審、選擇自己旗下的藝人擔任主持人，還隨心所欲更改規則。也對，電視圈這麼做也不是一兩天的事了。」

見我毫無反應，她才終於發現了我疑惑的表情——請問妳是哪位？

「我的好朋友是鄭製作人電影的工作人員，就是你演出的那部電影。」

我想起幾個月前前往外地拍攝的那部電影。多虧那部電影，此時此刻我才能來到這個地方。

「那個朋友對你讚譽有加。」

「我沒有做過值得被稱讚的事。」

「樂於助人、認真努力就是值得被稱讚的事吧。」

「我沒有那樣做過。」

她微微一笑，似乎以為我在開玩笑。

「我朋友是燈光組的。」

喔，燈光。我的確幫過燈光組一些忙。不對，那就是我的工作啊。

「聽說你一邊做燈光組的工作，一邊參與演出。在那種情況下，一般人應該都會主張自己是演員撒手不管，但我聽說你一下戲就跑回燈光組，而且每次都留到最後幫忙收拾。既然你對我朋友有情有義，我就告訴你一件事吧。」她忽然壓低聲音，「你不用感到委屈，那種事絕對不會發生。」

她只留下這句話就離開了。到底是什麼意思？怎麼不講清楚？我愣在原地，望著她逐漸遠去的背影，卻發現一旁有個人正如同我凝望她般瞇眼看著我。

「你劈腿的本領真是驚人。」

是社長。就連只是點頭之交的電影工作人員都相信我了，這個人依舊對我充滿不信任。

「那個人是你的菜嗎？」

「不是，社長才是我的菜。」

我拋下錯愕的他，走上舞臺。即將開始錄影了，不過開拍前似乎發生了一個小問題，只見坐在評審席的教授不滿地開口。

「這不應該事前告知嗎？我是聽韓莉燕女士要擔任評審才說ＯＫ的，既然沒有她，我才不要上這種低級節目！」

我聽見了教授不滿的抗議，看來韓莉燕原本答應要參與節目。這才想到，撇開韓莉燕不說，今天也沒看到討人厭的鄭義哲。

「我是勉為其難答應這份破壞自己形象的工作，如果你們要找人代班，至少要找個和我地位相當的人選吧！」

教授似乎對代班人選有諸多不滿。人們打量著代替韓莉燕前來的人，他是個年近四十的男人，穿著輕便的服裝加上一件西裝外套。他應該有聽見教授的抱怨，卻只是露出尷尬的笑容，個性看起來滿好的。

「教授，那位先生是在美國攻讀戲劇的導演，在這個領域經驗豐富。而且他實力高強，這次還受到韓國戲劇節的邀請……」

「你以為國外沒人讀過戲劇嗎？我問了才發現，他是名不見經傳的野雞大學[11]畢業的，你要我和那種人並肩而坐？」

不然你們一前一後坐好了。

「不然你們一前一後坐好了。」

申製作人提出了我想到的方法。要是教授再次憤而離場怎麼辦？果不其然，教授的聲音更大了，但申製作人把他拉到其他地方，不消片刻，嘈雜不滿的抱怨徹底消失。今天是不是不用拍攝了？

「今天不用拍攝了嗎？」

11　又稱「文憑工廠（Diploma mill）」、「學店」等，泛指不受任何官方機構承認的大專院校。「野雞」指粗放的管理型態，這些大學常使用與知名大學相似的名字，出售文憑，混淆視聽。後多用於諷刺不夠知名或學術權威性不高的學校。

此時與我抱持相同想法的似乎為數不少。蔡度相詢問主持人後，主持人也嘆了口氣。

「這是申製作人的錯，就算開了天窗，突然找人代班也不該這樣。至少要找一個教授級別的人來救場吧。」

「是啊，也難怪教授會生氣了，水準根本不一樣。」

主持人那樣講也就算了，我完全不能理解蔡度相無禮的發言。雖然是以正確背出劇本來一決勝負，但邀請評審到場，就是要請他們講評演技的意思。再這樣下去，要是野雞大學的導演懷恨在心，給出毒舌的評價……啊，會被剪掉。我後知後覺明白蔡度相為何敢口出狂言，他知道自己的團隊能控制這個節目。該死的傢伙。

「對，水準不一樣。」

我插嘴後，兩人傻眼地看向我。

「儘管貴為教授，像他那種瞧不起別人的人，水準可想而知。我認為憑他的水準，絕對不夠格和一個遭受侮辱仍不計較、品格高尚的人士並肩而坐。」

「哇，連高中都沒畢業的前討債集團眼光果然毒辣。」

蔡度相笑著諷刺我。一旁的主持人也跟著開玩笑，要他小心被揍。要不要我讓你們的玩笑立刻成真？在我猶豫不決的時候，申製作人終於帶著教授重新出現。教授仍眉頭緊鎖，卻一改先前不滿的態度，在評審席落座。

只見他眼神僵硬地瞄向一旁，整個人戰戰兢兢、欲言又止。野雞大學的導演如同證明自己的好個性般，迎著教授的視線向他點頭問好。還以為教授會不屑和他握手，沒想到他卻默默伸出手。

是申製作人答應給他兩倍通告費嗎？總之，問題解決後，拍攝就正式開始了。主持人講解完更改後的規則，改由助理主持人讀出四部劇本的一部分，再由我們背出下一段。

不知道是不是為了配合節目名稱，出場順序由擲硬幣決定。我贏了，並決定由我先開始進行。這樣剛剛好，反正到頭來都會輸掉，不如趁著自己記憶猶新趕快把臺詞念一念。接下來，我抽出了自己要背誦的部分。主持人要我從《阿加曼農》開始，但我搖了搖頭。

「四部作品我只背了一部。」

「喔，你沒有全部背起來啊。」

「對，我只背完了一部。」

「原來如此。有背完一部就該偷笑了吧？哈哈，我連背一句臺詞都有困難呢。」

他說完不好笑的發言，獨自笑著退到舞臺後方。助理主持人用朗讀書本的口吻，念出我背的《伊底帕斯王》的一部分。

「啊，我能對他說什麼呢？我怎麼能要他相信我呢？我已經對他鑄下了大錯。」

那幾乎是故事的最後了。伊底帕斯戳瞎了自己的雙眼，痛苦地祈求接受懲罰，這時，名為「克瑞翁」的角色登場了。此前他冤枉地被伊底帕斯當成出氣筒，遭到驅逐又再次歸來。然而，他即將面對的現實卻淒慘又悲涼——他得知了一切真相的王妃妹妹自殺了。而曾驅逐自己的伊底帕斯，也就是自己的外甥兼妹婿，在戳瞎自己的雙眼後痛苦掙扎，全身散發出求死的渴望。雖然感到荒謬氣憤，又不忍心朝已然痛苦不堪的人破口大罵。只因眼前一切皆是神的安排，那是脫離人類範疇的悲劇。後來，克瑞翁是這麼說的。

「伊底帕斯，我不是來嘲笑你，或是為了過去的錯誤責備你的。」我的聲音放鬆了下來，那是得知自己的怒氣無處宣洩、徒留空虛的沉靜。接著，我轉頭告知各個僕從：「即使你們已經不再尊敬將死之人的孩子，也必須尊敬讓天下萬物茁壯的、我們的神——太陽。別讓大地、光芒、神聖的雨都迴避的這個人玷汙太陽，把他帶到宮殿去吧。

家中的不幸，由家裡的人看見就足夠了。」

聽見克瑞翁的囑咐，伊底帕斯殷切地乞求。現在我已成為雙眼盲目、在痛苦中掙扎的人了。無神的瞳孔凝視著半空中，我用力咬緊牙關，直到雙臂也跟著顫抖。

「請立刻將我趕出這個國家，將我帶往一個無人會向我問好的地方吧。」

我放鬆身體，將渙散的目光重新聚集，說出了克瑞翁的臺詞。聲音再次舒緩，並帶著悲哀的憐憫。

「請你記住，我也很想這麼做，但在那之前，我得先向神請示。」

我分飾兩角的模樣應該非常搞笑，不過，可能是正在拍攝的緣故，周遭並未傳來人們的嘲笑。不過即使聽到嗤笑也無妨，此刻的我已然沉浸在劇情中，在兩個角色之間來回切換，根本顧不得自己的形象。現在，我又成了盲眼的伊底帕斯，繼續迫切地懇求。

「可是神明明已經給予啟示。」

布滿血絲、已無法視物的眼珠向上轉動。因為看不見，我只能將頭顱高高抬起，空茫地望向蒼穹。我徹底捨棄了舞臺腔，全然投入自己的情緒。已經犯下不可饒恕罪行的我，該做的只有一件事——只有這一件。

「請殺死我這個弒父的逆子吧。」

我認為自己背得很完整了，但還是有幾個錯漏的部分。被指出哪些地方出錯後，主持人詢問了評審團的感想。教授仍和最開始一樣僵硬，他表情不悅地要另一位評審先說。野雞大學的導演率先開口。

「我不曉得在這裡該給出什麼樣的評語，但從導演視角看到的李泰民先生，演技一塌糊塗，一點都不適合舞臺劇。」

他低頭看著紙張，拿原子筆在上面劃記。

「不過從你的經歷來看，你既沒有演過舞臺劇，正式開始接觸演戲也不到一年。」

他似乎想拿我的經歷來安慰我。不過，他目不轉睛盯著紙張片刻，便犀利地問道。

「你以前真的沒學過演戲嗎？連自學也沒有？」

「沒有。」

「這樣啊。」

他點點頭，再次垂下目光。見他不說話，主持人本想請教授發表感想，但野雞大學的導演又忽然問道。

「所以這是你第一次接觸《伊底帕斯王》這部作品嗎？」

「是的，一週前才第一次看到。」

「你用了一週的時間背啊。」

他用原子筆輕敲紙張。他再次不說話後，主持人深怕錯過機會，便將發言權交給教授。正如我所料，教授毒舌地說我演技超爛，但他的講評意外簡短，並反常地不時偷瞄旁邊。和水準不同的人給出差不多的評語，讓他很不爽嗎？當我以為自己的環節要結束時，野雞大學的導演又突然開口。

「可是與母親的婚姻，仍然令我畏懼。」

大家都對於他突如其來的發言感到納悶，但我知道，那是伊底帕斯的臺詞。他直盯著我看，是要我接著說出下一句嗎？回應的人是伊底帕斯的妻子，她想讓因神諭而不安的丈夫放心。我露出微笑，挺直身體。

「人生取決於偶然，所以人類無法窺見未來。」

我為了模仿女人的聲音而捏著嗓子說話，這次觀眾席發出了一陣爆笑。我沒有理會，而是憑著記憶說完剩下的臺詞。

「所以，如果畏懼的話，活著還有什麼用？只能盡人事、聽天命。」

「那你怎麼會把那個孩子交予我這個老人？」

臺詞突然變了。主持人偷偷觀察了製作人的反應，但製作人似乎沒有要喊卡的意思。我搜索記憶，想起了下一句臺詞。那是伊底帕斯發現自己遭到遺棄，並得知母親身分的劇情高潮。向他證實這點的，是當時必須殺死伊底帕斯的男人。如今他已年老力衰，僅能匍匐在國王面前。我跪在地上，低下了頭。

「大人，那個孩子令人心疼。我以為他會帶著那個孩子，回到自己遙遠的故鄉。」

我並沒有特地模仿老人的聲音。比起聲音，我把重點擺在顫抖的語氣。我說完自己的臺詞後便抬起頭，以眼神詢問「還要繼續嗎」，野雞大學的導演這才從座位上站起身，揮手示意。

「你一星期就弄懂所有角色了呢，當然，離正規表演還有一段距離，但表現非常好。坦白說，你飾演伊底帕斯的情緒表達，在我見過的演出當中，也非常令人印象深刻。」

我居然被讚美了。是因為我剛才替他說話嗎？有別於平淡看待這份讚美的我，教授的表情滿是錯愕，主持人似乎也因意想不到的評價而有些慌亂。

「教授要不要再多說幾句？」

主持人特意給了他貶損我的機會。教授看了我一眼，不情願地開口。

「我也覺得印象深刻。」

怎麼回事？韓莉燕承諾要給的錢還沒付嗎？我的環節在眾人內心充滿疑惑的狀態下結束了。我在後臺遇見了皺著眉頭的蔡度相，而他正在向工作人員抗議。

「那個人是怎樣？幹，他們帶那個人過來，是不是故意要給我難堪？如果是的話，我就不拍了。是不是以為我姑姑不在韓國，就不知道你們收了他們的錢做出這種事！」

他注意到我之後，立刻閉嘴不再說話。只見他氣鼓鼓地朝我走來，一副準備開罵的樣子。我真是完全搞不懂他。

「幹，你好像想帶一個人過來，挽救自己的形象……」

「但你最後還是會贏吧？」

「……」

「你怎麼還不上臺？不敢贏嗎？」

「蔡度相先生！請趕快上臺，蔡度相先生！」

工作人員呼喚他的聲音傳來。蔡度相一語不發，狠狠瞪了我一眼才轉過身。我走到臺下欣賞他的表演，不出所料，他流暢地背出了四部作品抽考的所有橋段。

不過，有件事讓我很介意。他背出的橋段明明同時有好幾個角色登場，他卻從頭到尾都用差不多的語氣念出臺詞。他背完之後，評審團開始講評。教授如同預期般，開頭就是一連串讚美。

「你把劇本背得很熟，發聲和演技也很好，一言以蔽之就是錐處囊中，不管在哪裡都能嶄露頭角。」

但也就這樣而已，而且語氣聽起來莫名生硬，像是基於禮貌敷衍地說出「你很棒」。蔡度相雖然面帶笑容，眼神卻不太好看。那似乎不是他期待聽到的稱讚。教授簡短說完，換野雞大學的導演開口。

「我想先請教一下，這場對決的目的只是背誦和朗讀劇本嗎？如果只是單純背臺詞，那你表現得非常完美，背得很好。」

這個人也只說了這些。蔡度相似乎擔心兩人的講評太過簡短，會影響到自己在節目中的出場時長。接著，可能是野雞大學的導演沒有認可他的演技，他挑釁地詢問對方。

「意思是從演技層面來檢視的話，非常糟糕嗎？」

「如果你沒有演過希臘劇，這樣算是不錯了。」

相較於我被說演技一塌糊塗，蔡度相獲得的評語已經算好的了，但他號稱自己演過希臘劇，這種評價似乎傷到了他的自尊心。

「《阿加曼農》、《伊底帕斯王》和《安蒂岡妮》我全都演過，也向美國知名的希臘劇專家拜師學藝過，他要我先練好基礎的發聲和呼吸，不要急著演出，我只是忠於基礎。」

「和我認識的人的口頭禪一樣呢，指導你的人該不會是約翰．羅威克吧？」

「就是他。」

野雞大學的導演臉上綻出一抹微妙的笑容。

「看來你六年前在美國東部的州立大學上過課，這就表示你是十七歲入學的囉？」

蔡度相露出微笑掩飾驚慌。

「如果是那樣就好了，可惜我不是那種天才。是說，我不明白那間學校和我有什麼關係耶。」

「那是羅威克最後一次教課的學校，我記得他後來就不再開課了，雖然每年還是會受邀去上幾小時的課程。你該不會只上了兩小時的課，就自稱羅威克的徒弟吧？」

「……」

蔡度相好像真的慌了，臉上的笑容幾乎維持不住。見他一語不發地愣在原地，主持人趕緊插話。

「評審好像很了解約翰．羅威克，可以說說你們是怎麼認識的嗎？」

「我在他底下當了六年的副導演，直到去年才到其他劇團擔任導演。」

主持人閉上嘴巴不說話了，而蔡度相的嘴更是如蚌殼般緊閉。我知道為什麼教授突然停止抗議了。雖然不太清楚羅威克是多厲害的人，但似乎只要祭出他的名號，就足以解釋一切。沉默持續了好一陣子，主持人偷瞄蔡度相一眼，又對製作人使了個眼色。然而，製作人依舊沒有喊卡。片刻過後，野雞大學的導演填補了這令人尷尬的空白。

「既然你了解羅威克的戲劇哲學，應該也知道下一階段是什麼吧？演員不是演說家，穩定的發聲與呼吸必須在理解角色之後，才能發揮應有的作用。你似乎還沒進入那個階段，但畢竟一整週要專注背誦四部劇本，我能理解。」

他點點頭，又對著仍渾身僵硬的蔡度相開口。

「我現在可以發自內心說，甜蜜是悲傷最好的結局，而隨著時間過去，您將藉由謊言發現真相，明白是誰留下來守護這座城市。」

他再次念出臺詞。因為方才已經演示過一遍，大家都知道他的用意——接著念下去吧。眾人看向蔡度相，然而他只延續著方才尷尬的沉默，即使過了好一段時間依舊沒能說出任何一句話。當時間久到快接近NG的臨界點時，他才終於開口。

「嗯……我要向諸神問候……把票……把票投進罈子裡……」

蔡度相又「嗯嗯」發出幾個意義不明的音節，便再次陷入沉默。野雞大學的導演等了一段時間才回應道。

「據說人們在黑暗中犯下錯誤，良心總會譴責自己，讓錯誤露出馬腳。然而，我鄙視犯下惡行被逮到，還想美化自身錯誤的行為。」

「……」

「看來你非常幸運，只有對決抽出的橋段背得滾瓜爛熟。剛才第一段臺詞來自《阿加曼農》，你知道第二段來自哪部作品嗎？」

「……嗯，《安蒂岡妮》？」

蔡度相僵硬得如同上課被點名的學生，勉強給出沒把握的答覆。野雞大學的導演點點頭說「沒錯」，就這樣結束了拍攝。這一天的對決十分微妙，蔡度相贏了，卻又像是沒贏。

本來說好要在辦公室收看第一集節目，但社長突然有事，便先行離開，神經病就帶著我回了他家。天堂就在眼前，桌上有冰涼的啤酒和熱騰騰的炸雞，沙發還換成比先前更寬敞的款式，幾乎和床一樣大。

「為什麼換沙發？」

他打開電視，回答。

「因為你只喜歡沙發，要一起躺下來的話，至少要這麼大。」

我哪時候說過喜歡沙發……啊，是先前同居的時候。我想起自己總是在沙發上睡著。

「但對你來說宛如地獄吧。」

「什麼？」

「你不是受不了舒適的東西嗎？懷著戳瞎雙眼、在沙漠徘徊的心情，滴酒不沾，也不品嘗美食。」他一邊挖苦我，一邊拿起啤酒遞到我面前，「給你一個名義吧，為了我喝。」

我感到無言，也有點窘迫。那小子毫不掩飾的嘲笑，以及一直無法拋卻、笨拙地緊抓著我褲管的罪惡感突然令我十分難堪。明明求死不得、必須在沙漠徘徊十年，卻還是連一件小事都做不好的難堪。另一方面，這也令我很是感慨。填滿喉頭的乾澀風沙無聲地掠過體內，似要將忍不住脫口而出的咒罵也一併覆蓋。我默不作聲地看著他的手，過了一會兒才拿起啤酒。睽違許久喝下的冰涼啤酒簡直美味得如同甘霖。

「聽說韓莉燕去美國了？我聽蔡度相說的。」

補充說明後，神經病點了點頭。

「她為了澆滅燃眉之急，用最快的速度衝過去了，還帶上了鄭義哲。」

「燃眉之急……和你上次在大學拍攝時，用電話聯繫她前夫的兒子有關吧？是怎麼回事？」

「我說過韓莉燕和前夫同居時，曾經被送到醫院吧？先前開庭他沒有考慮到這點，是後來才去接觸了那名醫師。當然，如果想知道治療內容，就必須申請證人出庭，所以他才會再次提起訴訟。」

「這有那麼重要嗎？」

「這次不就證明了嗎？」

也對，她接完電話就馬上離開了。韓莉燕究竟想隱藏什麼？她和K娛樂公司的代表交往時，被送到醫院的事也莫名可疑。但不管怎麼說，得知韓莉燕和鄭義哲驚慌失措，真令人開心。

「建議前夫的兒子去調查那個醫生的人，是你嗎？」

「當然是我。」

——知曉一切的人，除了我以外還有誰？

即使沒說出口，神經病傲慢的表情也表露出他運籌帷幄的自信了。我覺得這小子真的很討人厭，並暗自期待醫師的情報其實根本沒什麼用。

「你怎麼不問其他的？」

「還有什麼？有其他醫生嗎？」

「今天來的評審。」

我想起了野雞大學的導演。

「那個人該不會是你……原來是你特地去接洽的。」

「嗯。」

「你是為了戳破蔡度相根本沒有向羅威克拜師學藝，特地找他來韓國嗎？」

「我的確是特地找他過來，但也算是巧合。他剛好來韓國參加戲劇節，接洽起來不算困難。而且他好奇心旺盛，說服他的過程意外順利。」

「你和他說了什麼？」

「能看見令他印象深刻的演技。」

他看見一場糊塗的演技後，說不定會有種被欺騙的感覺。但我沒忘記他最後說的那句話，他說我的情緒表達令他印象深刻。畢竟那是伊底帕斯，我能代入自己的處境。

「那個人拍攝結束後有跟我聯絡，表示確如我所說令人印象深刻，尤其是你飾演柔卡絲塔[12]的演技。」

「飾演女角的演技？大家都在笑耶？」

「嗯，但他說你不受動搖、繼續表演的模樣，令他印象深刻。」

我早就知道大家會笑了，哪可能動搖啊？

「臉皮跟你一樣厚的人並不多。」

你在自我介紹嗎？我感到無言至極，錯過了回嗆的時機。這時，他指了指電視。

「要開始了。」

12　Jocasta，希臘神話中的一位悲劇性的婦女，克瑞翁的姐妹，底比斯國王萊瑤斯之妻，伊底帕斯的母親和妻子。在得知兒子弒父娶母的真相後，在絕望中自縊而死。

「喂，如果我厚臉皮，那你……」

「噓，專心看。」

他伸手將我的臉扳回面向電視。螢幕上出現在預告片看過的LOGO，這次加上了韓文標題——

「**FLIP A COIN：擲硬幣**」

副標題「對決」兩字變得更小了，幾乎不太明顯。擲硬幣？為什麼主標變成這樣？在我訝異的同時，開場結束了，鏡頭立刻移動到某間辦公室。蔡度相一登場便立刻開始受訪，內容與預告篇大同小異，說他過去是校園暴力的受害者，霸凌他的人是個飆車族、說他這次不想再逃避。關於過往的訪談變得更加詳細，最後他還被問了一個問題。

「蔡度相先生，你在李泰民先生身上看見的是霸凌者的樣子嗎？」

「對。」

「可是李泰民先生沒有直接傷害到你，你對他展現敵意是不是不太公平？」

「我當然沒有敵意，但會產生勝負欲。我想戰勝與過去霸凌自己的人神似的對手，那不是壞事吧？」

在那之後，就是對決相關的內容。一開始在攝影棚拍攝的部分沒幾分鐘就結束了，倒是練習的過程占了比較長的時間，其中有製作人突然闖入頂樓加蓋套房的片段，也有漢洙與趙賢陪我練習的畫面。

其實我本來就沒打算懷著愉悅的心情收看這個節目，畢竟節目組一定會透過剪輯，將蔡度相塑造成善良的受害者，並將我描繪成惡質的加害者。但直到節目中段，都沒有出現那樣的引導，也沒有過分的惡意剪輯。

整個節目反倒呈現出蔡度相有高級練習室，在專業老師的指導下舒適練習；我卻身處惡劣環境，接受身旁的人幫助的模樣。這跟我想像的不太一樣。到了節目後半段就更奇怪了，我的鏡頭居然比蔡度相還多？

在我與漢洙一來一往背誦臺詞、練習動作的場景，其播出重點不是「練習」，而是他逗我和我生悶氣的片段。後來在趙賢加入捉弄我的行列，卻被趕出去的橋段，還特寫了我閉上眼睛深呼吸的樣子。

影片字幕將「得道第三天」加粗放在中央。最後是在大學進行的練習。繼蔡度相接受韓莉燕指導的畫面後，出現了我和社長。我還以為那段一定會被剪掉，坦白說，除了玉英達先生的故事以外，我們根本沒聊什麼有用的內容，而且那與練習無關，不可能播出……

「開始想念英達了。」

社長的聲音清晰地從電視中傳了出來。更令人傻眼的是，節目結束前還播了社長錄給英達先生的一段影片。那到底是什麼時候拍的？

「咳咳，〇〇，是我啦。咳咳，你有沒有好好吃飯？我不會要你回家，畢竟你這個年紀，已經可以為自己的將來作打算了，而且你身上的包袱別人也沒辦法替你承擔。但是，如果包袱太沉重的話，你就卸下重擔聯絡我吧。對了，同學會會長拿著為學校立銅像的募款捲款潛逃了，如果你在路上看到他，記得報警。」

「喂，這個無厘頭的節目究竟……」

噓。神經病再次要我安靜。節目開始播放片尾字幕，背景則是我的個人訪談。

「李泰民先生，蔡度相先生說他在你身上看見了當年霸凌自己的人。那你看見他的時候，會不會想起自己霸凌過的那些人？」

我記得那個問題。只見電視中的我不假思索地回答。

「不會。」

「意思是以前沒有任何人被你傷害過嗎？」

「有，但不是蔡度相先生。」

「那假如那些被你傷害過的人和蔡度相先生一樣，至今仍飽受那段記憶所苦，你想對他們說些什麼？」

字幕快要跑完的同時，傳出了我的聲音。

「我是個垃圾，一點都不值得你們為我痛苦。應該牢牢記住這個垃圾、感到痛苦的人，只有我自己。」

如果問我在新辦公室最需要什麼，我敢說，絕對是鎖頭。我需要一把沒人能解開並闖進來的牢固鎖頭。但我沒有那種東西，才導致一群煩人的傢伙把我的辦公室當成自家廚房般進進出出。

「哥，勁爆消息！有人說他看到你經紀人的同學會會長了。」

漢洙又開始一邊上網，一邊同步轉播了。據說節目播出後，愛麗絲社長那個拿了立銅像募款捲款潛逃的同學會會長，登上了即時熱門關鍵字第六名。第三名是名字在節目中被部分消音處理的玉英達先生的故事，第二名是李泰民的經紀人，第一名則是我。

這種傻眼的情況令我十分匪夷所思。我有預料到自己會成為話題，只是沒想過是以這種方式。我深信自己會成為全國民眾唾罵的對象，現實的罵聲卻沒有想像中慘烈，反倒還有人對我產生好感。面對這種情況，我既無法適應，也開心不起來。

「呵呵，哥，你看，有人上傳影片，說我和你在練習時鬥嘴的畫面很可愛。嘻嘻嘻嘻——」

漢洙不顧我的無動於衷，將手機塞到我面前。

「我不看，拿走。」

「蛤，為什麼？你現在的形象好轉很多了耶。你的最後一段訪談雖然也有挨罵，可是反而有許多人正向看待，認為你有坦然面對與反省。你應該要開心才對。」

「沒什麼好開心的，要是製作人下一集隨便剪輯，人們馬上就會變心了。」

只是我真的很好奇，為什麼第一集沒有剪得對蔡度相有利呢？而且我的鏡頭甚至比他還多。我倏然想起了油腔滑調又令人不悅的申製作人。難道他是在暗示我們嗎？如果想繼續維持形象的話，就拿錢出來？

「第二集的剪輯有可能改變，但風向應該會繼續偏向前輩這邊。」突然冒出來的趙賢坐到漢洙身旁，接著說道：「不是說棚內拍攝讓蔡度相徹底出糗了？相反地，前輩幾乎是大獲全勝。」

「那是什麼意思？嗯？」

漢洙吵著想聽故事，但我並不想好心地與他分享。

「少在那邊胡說八道。」

「有好幾個人說法一致就不是胡說八道了吧。是說，今天也不用拍攝嗎？」

對。第一集播出後，又過了四天，卻沒有任何拍攝安排。第一場對決結束，理應要決定第二次的對決項目，但目前似乎尚未定案。趙賢蹺起二郎腿，露出微妙的笑容。

「應該是他們正在絞盡腦汁。」

不該絞盡腦汁，應該要鑽個洞躲進去吧。聽不懂趙賢言中之意的漢洙睜大眼睛。

「絞盡腦汁？」

「因為第一集沒有朝他們預期的方向發展。蔡度相應該被塑造成受害者，卻在經紀公司的高級辦公室接受韓莉燕親身指導，身上還都是名牌，影響了觀眾對那傢伙的觀感。而且可能是想替他營造出天真又無厘頭的形象，專挑漂亮話來講，結果變成了尷尬的角色扮演。相較之下，泰民前輩身處惡劣環境，卻顯得老神在在、不以為意，還和身邊的人相處融洽，形象提升不少。更何況泰民前輩出場的時間也比較多。蔡度相大概是認為自己第二集又會出糗，所以會無所不用其極，想辦法挽回頹勢。我反而比較擔心第一場對決會被整段剪掉。」

「應該不會。」

漢洙搖搖頭。你怎麼知道？在我們詢問的目光下，他驕傲地抬起下巴。

「崔經紀人說可以相信申製作人。」

可以相信那傢伙？前經紀人搞錯了吧。

「因為他是個為了節目收視率不擇手段的人，擁有絕對不向外界壓力屈服的信念。」

什麼鬼信念啊。不過，總覺得很像他的作風。

「如果在攝影棚錄到了精彩片段，他應該不會剪掉。」

「難道蔡度相就是知道這點，才跑去抗議的嗎？」

趙賢歪頭思考，漢洙說了句「我來問問看」，便撥出一通電話。他到底要問誰？

「製作人哥哥——我是漢洙，呵呵，為什麼你今天沒有來拍泰民哥啊？」

那是負責拍攝我的、被拒絕三次的製作人。和我一同拍攝幾週，卻不太正眼看我的他，已經和只見過三次面的漢洙以兄弟相稱了。

「什麼？拍攝延期了？為什麼……我絕對不會說出去的，我拿泰民哥發誓……對，嚇……什麼！真的嗎？」

漢洙一掛斷電話就立刻大喊。

「不得了！聽說蔡度相人間蒸發了！」

真是比陌生人還不如的兄弟情誼。

「哥，聽說蔡度相失聯了，現在連他們公司的人都找不到他。因為韓莉燕不在韓國，沒人管得住蔡度相，情況好像很混亂。」

「真是太勁爆了。」趙賢邊搖頭邊感嘆，「如果他心智脆弱到這樣就要搞失蹤，前途可想而知。」

這時，另一個聲音突然插話。

「一直在泰民身邊打轉的你，還是先擔心自己的前途比較好吧？」

社長的聲音，讓趙賢瞬間從我身邊彈開。接著，他笑著向社長打招呼。

「你好……」

「我不好。」

「我先告辭了。」

「馬上出去，快點。」

趙賢立刻從我眼前消失。接著，在他離開的方向，社長頭戴浴帽、肩上披著美容院的長袍登場了。這幾天不用拍攝的我相當悠閒，社長卻並非如此。他說自己如果沒有好好保養就上節目，對觀眾不禮貌，於是過著比婚期將至的新娘還繁忙的日子。他可能是把漢洙當成下一個目標，轉頭望向他。這才想到，他之前從未對漢洙說過什麼重話，今天終於要拿漢洙開刀了嗎？

「經紀人！你去過我說的那間美容院了嗎？怎麼樣？那邊的服務人員技術超讚的吧？」

「超讚。」

社長豎起大拇指。這天，我深刻反省了自己過去無視漢洙的行為。在漢洙和社長交流了一番美容資訊離開後，終於輪到我了。

「你為什麼一直把趙賢那傢伙帶來辦公室？」

「是他自己跑來的。」

「一定是你對他拋媚眼。」

「我只有拿椅子丟他。」

「什麼？難道你喜歡SM？我不能原諒你在我的寶貝傑伊身上滴蠟油！」

他揮舞著長袍站起身。就算再過個幾十年，我還是沒辦法心平氣和地和他對話吧。

「我為什麼要做那種事？」

「不然是繩縛嗎？不准在傑伊身上留下痕跡！要是外行人沒綁好，導致血液循環不良，手會發麻的！」

「所以說，我為什麼要做那種……你怎麼知道手會發麻？」

「……總之，傑伊和我很像，皮膚比較脆弱。」

看來就是因為皮膚脆弱，良心才會那麼厚顏無恥。我本想趁機進攻、挫挫他的銳氣，又感覺有點像在揭露他人隱私，決定就此打住。當然，我立刻就後悔了。

「你的性生活要進行哪些變態行為我都不會干涉，但如果威脅到傑伊的健康和人身安全，我絕對饒不了你。」

「尹傑伊又不是被壓在下面那個……總之，絕對不會發生那種事。世界上很少有人會進行致命的變態性生活吧？」

「如果害死兩任前夫，還能若無其事到處閒晃，說不定這種事很常見啊。」

我反問了句「什麼」，社長卻站起身，說燙頭髮的時間到了。

「我再次強調，我還是沒辦法相信你，你以後最好自愛一點。」
「我不會劈腿。」
「那為什麼身邊的男人都會被你吸引？」
我認為要藉著這次機會把話說清楚。
「是社長你搞錯了。」
叩叩。我剛說完，立刻傳來了敲門聲，接著是微弱的呼喚。
「有、有人在嗎？哈、哈囉？」
是誰啊？我和社長同時面面相覷。接著，社長把門打開。站在門後的人大吃一驚，忍不住縮了一下。是你自己敲門的，驚訝什麼？這個人真膽小……咦？他是？
「咦，這不是夏峰嗎？你怎麼會來？」
夏峰？那個人是李夏峰？那個像隻受驚的青蛙一顫一抖的，正是李夏峰新店開幕活動那天，我在逃生梯見到的男人。
「社長好，我有看到你上電視。」
「喔，電視啊，哈哈哈！嗯，只是短暫露臉，大家卻一眼就認出我了，壓力好大喔，哈哈！」
哪有短暫露臉？漢洙說你的鏡頭好像比蔡度相還多。
「但你怎麼會來這裡？啊，又拿衣服過來了？上次不是已經送了一堆過來，想找我們傑伊合作嗎？」
「對，我那時候好像聽錯尺寸，我猜是衣服太大件，他才沒有穿……」
這麼說的同時，他瞄了我一眼。我點頭向他打招呼，就見他「嚇」地倒抽了一口氣。
他是怎麼了？

「不是尺寸關係才不穿的，我們傑伊本來就比較敏感，說他穿自己的衣服就好。你是為了這個才特地跑一趟嗎？」

「對，我這次帶了更多款式過來……」

他又瞄了我一眼，這次臉上甚至泛起了紅暈。他是在發燒嗎？

「你不是很怕跟人見面？居然還親自送衣服過來？就那麼想讓我們傑伊穿上嗎？」

社長欣慰地說著，一邊轉頭看我，一邊得意洋洋地露出「怎麼樣我們家傑伊很受歡迎吧」的眼神。只要他不要一直懷疑我，要怎麼炫耀都無所謂。

「可是怎麼辦？我們家傑伊現在不在。」

「什麼？他、他不是在那裡嗎？」

李夏峰先生膽怯地指向某個人——就是我。

「尹、尹傑伊先生，你好。還、還記得我吧？」

「我記得你，但我不是尹傑伊。」

「我知道，尹傑伊是你的本名吧？我看到你在節目上的名字是李泰民。啊，對不起，上次沒認出你，因為我不太看電視劇。不、不過，在那之後，我看了你演出的所有電視劇和電影！所以成為你、你的粉絲了！」

「謝謝，但我的名字……」

「你一定不知道，你那時在樓梯間為我加油、給我鼓勵，還溫暖地安慰我，讓我多麼感激。」

我發誓，他說的三件事情之中，我一件都沒有做過。我哪有像他說的那樣啊？

「多虧尹傑伊先生，我明白了要如何放鬆緊張的情緒，並一邊回想那種感覺，做出了新的作品。我帶來了，你要看一下嗎？」

「我不是尹傑伊。」

「我知道那是假名，但我還是希望你穿上這件衣服，即使不穿去上節目也沒關係。我做這件衣服的時候，一直想像你穿上的樣子，每晚都認真進行縫製。」

他又臉紅了。那顯然不是感冒。一股不祥的預感如同浪濤般襲向我，感覺那個人會說出什麼不該說的話。

「我一直都希望有一天可以向你告、告白。」

「先生，你徹底搞錯……」

我心頭一驚，想起被自己遺忘的存在。我與社長四目相交，生平第一次從戴著浴帽的人身上感受到生命威脅。噢，幹，可惡。

節目的第二集，我也是在神經病家收看的。雖然聽說申製作人不會向外界壓力屈服，我還是覺得他可能會毫不留情整段剪掉，沒想到棚內拍攝的對決內容幾乎原封不動地播出了。

尤其是蔡度相被野雞大學的導演問到眼神顫動的畫面還被近距離特寫。

「申製作人不是和蔡度相所在的K娛樂公司有合作嗎？」

「對啊。」神經病喝著啤酒，繼續說：「申製作人是可以和任何人攜手合作，也可以隨時放手的人，因為他只考慮收視率。這一集應該也會成為話題。」

「蔡度相知道自己的形象變得更差，應該會繼續搞失蹤吧？現在的問題又不是收視率。」

「蔡度相明天就會重新開始拍攝，你也要做好準備。」

「你怎麼知道？」

「韓莉燕和鄭義哲今天回到韓國了。」

「美國的事情解決了嗎？」

「燃眉之急應該解決了。」

我感到有些可惜，神經病卻一副不以為意的樣子。想必是前夫的兒子必須聽到醫生的證詞，才有助於他打擊韓莉燕吧。

「那就要先集思廣益，推測蔡度相會選擇的對決項目？」

「他們應該正在努力安撫哭哭啼啼的蔡度相，並威脅申製作人，讓蔡度相在這場對決擁有較多的占比。大概還會清楚拍出他們想要的受害者畫面。」

「進行哪種對決能拍出受害者的畫面？」

「讓你在鏡頭上顯得像是加害者的對決。」

什麼意思？我問他有沒有什麼想法，他卻只是露出微笑。

「要賭我會不會猜中嗎？」

明天就知道了，還打什麼賭？

但我還是很好奇，蔡度相會提出哪一種對決，讓自己成為受害者呢？

「要是我贏了，你會給我什麼？」

「你想要什麼東西？」

「我沒有想要的東西。」

「那我就做你喜歡的事。」

我無言地看著他。

「連我都不知道自己喜歡什麼，你卻知道？」

「嗯，我知道。」

他回答得太過篤定，於是我忍不住問道。

「是什麼？」

「我會收拾好一切，陪你一起去沙漠。」

「……」

「別擔心，不用戳瞎眼睛，也不需要在沙漠徘徊十年。」他並沒有像平常一樣消遣我的罪惡感，而是認真地說道：「美國有一片大沙漠，在令人窒息的沙塵和熱氣中，築起了一座大城市。那座城市現在應該還在持續擴大，一點一滴地蠶食著沙漠，拓展範圍。即便如此，沙漠還是非常遼闊。如果輕輕鬆鬆坐飛機過去，就不能算是苦行了，我們最好一毛錢都別帶，在當地一邊移動，一邊打零工。我們一起橫越沙漠，去那座城市看看吧。」

「……」

「很誘人吧？」

「那要是你贏了，你想要什麼東西？」

「沒什麼，只要在你的合約上加注一段文字就好，就一小段。」

絕不可能沒什麼。但他說贏了之後再告訴我，堅持不肯透露。因此，明知這是一場不該答應的賭局，人卻總是重複犯下相同的錯誤，也不斷重複後悔。我和他打賭了。

「所以你覺得蔡度相明天會提出哪一種對決項目？」

「拳擊。」

「對方提出的項目是拳擊。」

我看著被拒絕三次的製作人，默默接過他遞出的卡片。如同第一次拍攝，卡片上寫著對決項目，也條列出規則。規則怎樣不是重點，我只是對於神經病猜對感到無言。為什麼是拳擊？訪談中已經提到我擅長拳擊了耶？除非是打定主意要輸，不然怎麼會選這個？

「因為他們已經贏了一場，不在意輸掉這場對決，而是把重點擺在挽回形象。不過，現在來不及安排其他人設了，如果想鞏固一開始主打的受害者形象，成為受人同情與走出陰霾的代表人物，就需要你像個惡棍爆打蔡度相一頓。如果蔡度相想被你狠狠修理，挑你擅長的拳擊再適合不過。這場對決大概會偏重蔡度相，播出他日以繼夜練習拳擊的畫面。他應該也想呈現出在對決不斷挨揍，卻為了克服恐懼而努力不懈、堅持到底的決心吧。」

神經病解釋到最後迸出的低聲嘲笑，至今仍迴盪在我的耳際。

「對決時間是一週後，預定播出第三集節目的那天早上。聽說李泰民先生擅長拳擊，現在距離對決還有一段時間，要先拍攝練習的畫面，但既然你已經很熟練，就不需要拍攝太久。嗯，如果有認識拳擊領域的人，就用介紹的方式來進行吧。或者說，如果你對拍攝有其他想法也可以讓我知道。」

我盯著站在攝影團隊身後的神經病。他的眼神流露出自信的神采，彷彿在說著「你看，全被我說中了吧」。真討人厭。

「我的現場經紀人說他有想法。」

我覺得他很可惡，硬是把他牽扯了進來。然而，製作人才剛轉頭，他真的拋出了其他建議。

「去拳擊館拍吧。因為李泰民先生擅長拳擊，可以拍他指導需要學習拳擊技巧的人，或是利用拳擊幫助人的畫面。」

「指導拳擊我可以理解，但需要學習的人是指……透過拳擊可以給予什麼幫助？擊退壞學生嗎？」

「不是，這次李泰民先生要死命挨揍。」

你覺得事不關己，就亂出餿主意？

我的情緒瞬間激動起來，製作人卻對此展現出興趣。

「被誰揍？」

「暴力的受害者。當然，女生比男生適合。畢竟暴力的犧牲者當中，女性遠多於男性。如果是曾經因暴力對男性產生陰影的人更好。內心陰影越大，呈現出的些微變化才會更明顯。我們會試著尋覓人選，但時間有點緊湊，請問製作人也能幫忙找人嗎？」

製作人沉思般凝視著半空中，遲遲沒有回應。尹傑伊又叫了他一次，他才不知所措地抬起頭。

「好的，我會找找看。我們、我們會找到人的，你們不用找。」

一旁的企劃慌張地悄聲詢問。

「怎麼可能馬上找到受害者？而且暴力受害者會想上電視嗎？」

「不一定要表明我們想找受害者。」神經病在一旁插嘴道。「先用傳授防身術的名義接洽，訪談時再引導她們說出自己的故事。我應該不需要連這部分的劇本都幫忙寫出來吧？」

「喔，好的……」

「還有，受害者請從電視臺的人開始找吧。在電視臺工作的人，理應不會太排斥上電視。還是這也要我們幫忙？」

神經病用他特有的惹人厭語氣詢問，製作人卻沒有表示任何不滿。製作人剛才還有些脫線，現在卻馬不停蹄安排好了拍攝內容。他像趕牛一樣帶著攝影團隊離開後，神經病朝我遞出了一張紙。

「既然我贏了，你在說好的合約修正條款上簽名吧。」

我仔細瀏覽了他遞出的紙張。為了方便我看到重點，他將修正條款用紅筆標示了起來——

在演員生涯結束前，經紀人與造型師的工作一律交由以下兩人負責：

這行字底下寫著兩個陌生的名字。

「這兩個人是誰？」

「你現在的經紀人和造型師。」

「……」

「簽名。」

「別開玩笑了，要到我的演員生涯結束為止？社長和店經理有他們原本的工作。」

「已經跟他們協調過了。」

一定不是協調，而是你單方面提出的請求得到熱切支持吧。

「你開口拜託的事，社長哪可能不答應？他就算不情願也會答應。」

「你覺得他們兩個討厭這份工作嗎？」

他伸手指向兩人。此時兩人弄來了一臺攝影機，將畫面連接至電視，正在研究哪個角度拍攝最上鏡。

「……他們現在樂在其中，但我不是當紅藝人，工作量也沒有多到需要經紀人和造型師。而且如果崔經紀人知道，他會很難過的。」

「難過？這是他親口對你說的嗎？你最好如實陳述，畢竟公司不需要一個沒辦法捨棄私心的人。」

你已經不是理事了，到底還想怎麼樣？我感到十分不滿，又擔心波及無辜，只能選擇閉上嘴巴。這時，他才像要化解壓迫的氣氛般，溫柔地告訴我。

「你接下來會變得很忙，等這場對決播出後，你的人氣也會水漲船高。」

我嗎？

「你不是也料到這場對決的剪輯會偏重蔡度相了嗎？」

「嗯，你不需要太多鏡頭，只要有關鍵的影響力就夠了。這次製作人會用心說故事的，你別擔心。這樣可以簽了吧？」

「喂。」

「不想簽的話，還有其他方法。」

「什麼方法？」

「你離開這份工作，一輩子窩在我家，讓那些朝你撲來的蟲子無法靠近。」

「……」

「簽名。」

該死，幹，真是該死。

美其名為拳擊課、實則是我遭受毒打的拍攝，在我認識的拳擊館進行——就是我以前兼職當陪練員的金牌體育館。因為上電視有宣傳效果，館長爽快地答應了。

比地點更重要的是我要指導的對象，製作人沒過幾天就找到了一個人選。她形象端莊，是個年約二十歲後段的女生，聲音非常好聽。了解後才知道，她原本是主播，目前在某個宗教節目擔任廣播主持人。

「你好。」

看見我之後，她略顯緊張地向我問好。我也點頭說了句「妳好」，想和她握手打招呼。然而她卻瑟縮了一下，猶豫片刻才伸手回握。掌心裡的手指僵硬不堪，不過由於她臉上帶著笑容，沒有特別觀察就不會注意到。

雖然事前已經聽企劃說過要指導主播防身術，也拿到劇本了，實際面對她才發現，只有指導防身術是不夠的。製作人好像帶了真正的受害者過來。平時工作敷衍了事，這次怎麼這麼認真？拍完一開始的互相問候，和我簡單指導拳擊動作後，製作人把我叫到一旁。

「待會要實戰練習吧？你事前應該有被告知，絕對、絕對不能打到她。」

「我本來就不打女人，而且我知道她是受害者，我會小心的。」

「不能只是小心，連輕輕碰到都不行。你乾脆不要舉起手好了。」

拍攝過程中，製作人反常地充滿熱情，甚至提出了奇怪的要求。

「還有，別再用這種眼神盯著她看了。」

「……我的眼神怎麼了？」

「很嚇人。」

我的眼神可能真的變嚇人了。怎麼會有這種眼瞎的傢伙？

「她說不定比我還要害怕，請你小心一點。」

他似乎真的很害怕，只留下這句話就落跑了。他今天真的和平時完全不一樣，對拍攝特別認真講究。我看著他，忍不住有感而發，目光不自覺瞥向主播。就算製作人沒有給我建議，我也早就做好要小心對待她的心理準備。

在指導簡單的拳擊動作時，即使她已經離我夠遠，一旦我一伸出拳頭，她的表情就會明顯變得僵硬，似乎是在攝影機面前才咬牙苦撐，連下巴都十分緊繃。看她個這樣子，這次拍攝真的能夠順利結束嗎？

「你在煩惱什麼？」

造成這一切的元凶湊近問我。

「煩惱拍攝。拜你所賜，製作人找了真正的受害者過來，搞得我不知道該怎麼做了。啊，我只知道一件事，要是真的按照劇本走，那個女生肯定會當場昏倒。」

劇本中包含站上擂臺，練習實戰的橋段。

「那就別讓她昏過去。」

「她光是看到我的拳頭就不敢動了，要怎麼做？」

「別讓她看到拳頭。」

我認為神經病只是在耍嘴皮子，很想直接把他叫上擂臺，狠狠爆打他一頓，但又倏然驚覺他的建議可能真的行得通。我只要什麼都別做，靜靜站在擂臺上就好。

要指導一個站在男生面前就會愣住不敢動彈的人拳擊，本來就是強人所難。在教會她拳擊之前，應該先讓她有辦法在男生面前做出動作。想通之後，神經病如同獎勵般，在我耳邊小聲透露。

「你要想辦法讓她揍你，那樣製作人就會奉獻全力，把你的片段剪得精彩絕倫，並一邊幻想他的第四次告白。」

第四次告白？這時我才終於明白主播的真實身分。喔，所以製作人對於這次拍攝才格外用心啊。然而，不管他再怎麼用心，主播沒過多久就在眾人面前低下了頭。

「對不起，我、我做不到，我沒辦法出手揍人。」

她還沒站上擂臺就不斷道歉。坦白說，她能撐到現在已經很厲害了，但在面臨拍攝中斷的危機中，沒人能站出來拯救她——除了早就料到這種情況的那個人。

「那不要揍人，改揍其他東西不就好了。」

神經病一插話，製作人的表情立刻喜出望外。那副把神經病當成救星的眼神是怎樣？另一方面，主播卻十分警戒。

「揍其他東西？」

「我會讓李泰民先生看起來不像人，而像是其他東西。這樣是不是比較容易？」

「我不懂你的意思……不，我並不想動用暴力。對不起，是我沒想清楚就答應上節目，真的很抱歉……」

「拳擊不是暴力，而是一種運動。在現實生活中運用學過的招式當然不好，但如果是用來防禦，就不算是暴力了，畢竟防禦是一種愛護自己的表現。假如認為暴力不好而直接放棄，就等同於拋棄了自己。雖然應該不會遇到需要防禦的情況，提前練習也沒壞處。其實練習拳擊是件很棒的事，向前邁出一步也非常容易。」

主播沉默了好一陣子。與此同時，動搖她內心的道具送達了。能讓我變得不像人的東西被送上擂臺——那是一套兔子布偶裝。到了這個地步，我不禁開始懷疑自己的八字是不是命中帶布偶裝。只見店經理走上前，協助我換上裝束。

「真是感慨，我穿著這身布偶裝為愛麗絲的迷宮宣傳的日子，彷彿就在昨日呢。」

他沉浸在感傷之中，我卻被不知道在倉庫堆了幾年、臭得要命的布偶裝弄得差點窒息。即便如此，我還是有句話非告訴他不可。

「如果想念愛麗絲，就回去那裡工作吧，不需要因為尹傑伊被綁在這裡。」

哪怕只有店經理，能擺脫一個是一個。

「哈哈，沒關係，雖然懷念，但我也很喜歡現在的工作。」

「不，你再考慮……」

「其實我最近才領悟到，這份工作就是我的天職。」

國情院的工作才是你的天職。儘管真的想鼓勵他去考公務員，但戴到一半的頭套讓我根本沒機會說出口。

「還能看見漂亮小姐從痛苦的記憶邁出一步。」

他說的似乎是主播。

「她不敢揍我，所以還不算一步。」

「揍你是第二步。她不是來上節目了嗎？雖然是認識的人開口拜託，不一定要來的她還是來了，這樣就已經邁出一步了吧。」

「講得好像很厲害的樣子。」

「就是很厲害啊，你連走出去的路都找不到。」

「她跟我不一樣。」

我強烈否認。我是加害者，而主播是受害者。她當然要走出去，但我不一樣，我不能離開。

「有什麼不一樣？每個人都一樣找不到答案。」

他輕輕將我推上擂臺。

「來，你先踏出一步，把人拉出來吧。」

我當然想把人拉出來，可是在擂臺上面對我的主播仍愣在原地。她是因為在攝影機面前才勉強擠出笑容，但別說揮拳了，面對身穿布偶裝的我，她連手臂都不敢抬起來。

我盡量不開口說話，表現得像個布偶，一動也不動地站在原地。

一段時間過去，我已經等到無聊了。看著製作人一副要等一、兩年也心甘情願的樣子，我得自己想想辦法。我舉起手呼叫製作人。看見布偶招手要自己上來，製作人吃驚地指著自己。是我嗎？對，就是你。我點點頭。

我猛力點頭，連頭套都跟著晃動。我又繼續招手，要製作人趕快上來後，他才慌慌張張走上擂臺。主播也瞪大眼睛，完全搞不清楚我到底要做些什麼。我把扭扭捏捏的製作人拉到身邊，指著他要主播看清楚，然後往製作人的後腦勺拍了一下。

「呃啊！」

製作人伸手護住頭部，瞪了我一眼。

「你在做什麼？」

我沒有理會製作人的抗議，而是面向主播做出動作。我用拳頭輕碰自己的手臂，示意她揍我。但她好像沒有理解，只是不停眨著眼睛。那我只好再示範一次了。啪——這次我出拳揍了製作人的手臂。

「呃啊，很痛耶。」

我依舊沒有理會他的哀號，再次示意主播揍我。兩人似乎發現了我想表達的意思——要是主播不動手，我就會繼續揍製作人。

「呃，你是要我動手揍你對不對？不然就要把製作人……」

啪，啪——我又揍了兩拳。現在製作人已經為了躲我，退到擂臺角落了。接著，他對著主播大喊。

「幫幫我！」

以為這樣我就不會揍你嗎？我追到擂臺角落，中間隔著手忙腳亂的主播，在擂臺上繞了幾圈。當然，手腳敏捷的我很快便抓住了製作人後頸的衣領，讓他站到主播面前。

我握緊拳頭準備再次揮拳，製作人「呃啊」慘叫一聲，蜷縮起身體，舉手護住頭部，一邊用眼神向主播求救。慌張到不知所措的主播在我準備再次出拳的時候，終於對我出手了。但不是揍我，只是輕輕碰了一下，還一邊說道。

「不乖！打打！」

現場頓時陷入一片寂靜。蜷縮起身體的製作人以扭曲的姿勢愣在原地，準備揍他的我和攝影團隊也同時愣住了。媲美寒流的冷風倏然吹拂而過，眼前的景象讓眾人一陣無言。不久後，有人忍不住「噗」地噴笑出聲，接著有好幾個人也忍不住跟著笑了出來。然而，最錯愕的莫過於這把年紀還被人「打打」的我。

「呃，我最近經常幫忙照顧姪子，嗯，那個……我姪子年紀很小，加上又有布偶，我不自覺就……呃、李泰民先生，我不是說你是布偶。」

主播漲紅著臉，語無倫次地解釋。不過，氣氛緩和一些後，她僵硬的神情也稍微放鬆了。多虧如此，拿製作人當人質的拳擊練習才終於成功展開。她認真揍了身穿布偶裝的我。

拍攝暫停後，我戴著拳擊頭盔走上擂臺。我猜測她看見我的臉之後，需要花費更多時間才能出拳，說不定連出手都不敢。不過，我想到了一個小小的點子。當主播再次戴著拳擊手套，傻愣在原地不敢動彈的時候，我往前邁出一步，走到她面前。看見我突如其來的舉動，在擂臺外的製作人立刻嚇得想上前阻止，但我已經率先出手碰了她。啪，啪。

「不乖，打打。」

「……」

現場再次吹起一股寒風。而打破這陣沉默的，是主播本人。

「噗……啊，對不……哈哈，噗哈哈哈！」

主播突然開始摀嘴大笑。多麼令人感動啊，透過換位思考，她終於明白自己方才的作為有多麼荒謬和幼稚。

「對不起，你外表冷酷，突然說出那種話……噗呵！哎喲，怎麼辦？」

她甚至笑到流淚。因為她笑得實在太誇張，我開始有點不爽了。我至少沒有當面笑妳耶，妳看看，沒人在笑……不對，製作人已經忘了現在是什麼情況，看著主播咧嘴笑得像個傻瓜。

「你知道最後一場對決是什麼吧？」

在第二場對決的地點，我向神經病問道。反正等今天的拳擊對決結束就會知道了，我只是想試探一下。

「知道。」

「是什麼？」

「你不用知道。」

「我是參與對決的人，怎麼能不知道？」

「你知道了也沒用。」

我知道了也沒用？難道是知識對決嗎……！我的眼神似乎顫動了一下。神經病不滿地盯著我。

「認識我之後，你已經從腦袋空空變成腦袋有點東西了，別擔心。」

「真的是機智問答？」

除非我先拿到題目，否則第三場對決百分之百輸定了。

「你不用在意。」

我怎麼可能不在意？但神經病接下來的言論，讓我無法再繼續糾結這個問題。

「你應該在意的是今天。雖然蔡度相那小子應該不會贏，但你身體虛弱，不能大意。」

「我的身體怎麼了？」

我忍不住懷疑起自己的耳朵。打從出生以來，連我媽都沒說過我身體虛弱。神經病輕撫著我的頭，若無其事地說道。

「你每次跟我上床的時候都很累，是該吃藥補一補了。」

「靠。」

為了躲開他的手，我用力將頭往側邊一扭，然而他的手卻像水蛭般緊緊貼了上來，拚命摸個不停。

「今天注意一點就好，接下來的事你就不用在意了。」

他再次強調我不用在意，看來確實事有蹊蹺。可惜時間不夠，我沒辦法繼續追問。就如同他所說，我應該把心思放在這次的對決，徹底作個了斷。神經病說，我只能用唯一一種方式戰勝蔡度相精心策劃的這場對決。

神經病告訴我的方式煞有其事。不對，是我根本別無選擇，所以不得不照做。此時此刻，我正在擂臺上面對著蔡度相，並且難得專注在他身上。指導了蔡度相一週的人，正在擂臺邊大聲為他加油。

頭盔底下，彷彿要將我碎屍萬段的眼神狠戾地射了過來。他現在肯定下定了某種決心，即使贏不了我，也要死命站起來朝我揮拳。他腦海中幻想的感人戲碼，大概是他被我揍得精疲力竭、滿身大汗，卻依舊苦苦支撐吧。

噹。第一回合的鐘聲響起。蔡度相舉起手防禦，一邊晃動上半身。而我只是輕抬起手臂，緊盯著他的動作。見我按兵不動，他在我周遭晃了幾圈，遠遠地出手。

距離太遠了，那個位置根本碰不到我。我一邊在內心祈禱「再靠近一點吧」，一邊鎖定機會。這次對決，他必然要呈現出突破陰影、勇於發起挑戰的模樣，所以定然會主動揮拳。醜話先說在前頭，不管發生什麼事，絕對、絕對別和拳擊選手打架。

撇開動作快慢的問題不說，光是眼力就存在一定差距。即使接受一週特訓，他也贏不了過去幾年經常看著拳頭揮到自己身前的眼睛。蔡度相揮出幾個根本沒碰到我的刺拳後，似乎獲得了一些自信，又往前踏出一步。

聽見擂臺外有人吶喊「慢慢來」，我刻意舉起一隻手臂作勢阻擋。見狀，蔡度相將右手臂往後縮，試圖揮出一記重拳。儘管只是短暫的一瞬，可在我眼中，他的破綻卻大得如同一片汪洋。

我的手下意識地展開動作，朝蔡度相的下巴揮出一記猛烈的左勾拳。還沒聽見「啪」的清脆聲響，我就知道自己確實命中目標。蔡度相踉蹌後退，不過片刻，他就已經眼神渙散，「砰」的一聲倒在了擂臺之上，而這天的拍攝也跟著結束。

進行第二次對決那天，剛好也是節目第三集播出的日子。我現在正理所當然地待在神經病家中，坐在他身旁喝著啤酒。節目播出的內容果真被神經病精準料中，從頭到尾都和他說的一樣。

蔡度相埋頭運動到深夜，還鬼扯說他不是要贏過我，而是要戰勝自己。他因為受傷，每天都纏著繃帶、噴痠痛噴霧，身上青一塊紫一塊。在節目第三集，他幾乎占了五分之四的分量。

我的部分只出現在中間的訪談，以及對決前播出的、教主播練習拳擊的橋段。然而奇怪的是，那短暫的篇幅居然比蔡度相戰勝自己的故事還令人印象深刻。當然，也有可能是蔡度相被一拳擊倒的結局看起來太過空虛，所以這段才被突顯了出來。

再不然，就是主播對我的拳頭感到緊張、眼神顫動和全身僵硬的模樣都是真實反應，而非特意表演出來。她一開始的訪談只簡短提到想學防身術，卻又恐懼著打架的行為。

她在我面前如冰塊般僵硬，連舉起拳頭也不斷發抖的樣子，都被攝影機特寫拍下。後來就如同我知道的，在傻眼的打打時刻到來後，我用同一招對付她並成功化解氣氛，她也終於勇敢朝我揮出了拳頭。雖然只比打打大力一點而已。

揍了我幾下之後，忍不住紅了眼眶的她，為了不哭出來而擠出笑容向我道謝。但我沒有握住她的手，而是用拳擊手套輕輕捶了一下她的手臂。那一刻，製作人狠狠瞪了我一眼，但我只是想確認看看，看她是不是真的又向前邁出了一步？雖然她被嚇得顫抖了一下，卻沒有陷入恐懼或露出畏懼的神情，而是再次對我粲然一笑。

畫面一轉，她穿著另一套衣服接受訪問。字幕寫著──感覺妳很抗拒動手揍人，有什麼特別的原因嗎？

她猶豫了一下，才娓娓道來──不再是在我面前顫抖的模樣，而是以截然不同的主播姿態，如同播報新聞般，有條不紊地說出自己的故事。

「接下這份工作時，我內心有一種恐懼。因為我怕自己做不到動手打人。但我更怕那種模樣會暴露出自己的弱點，導致我必須說明原因。」

「如果妳想要的話，可以中斷訪談。」

字幕寫出了提問者說的話。但她搖了搖頭。

「沒關係，我已經想通了，如果要擺脫對於男人和暴力的恐懼，就必須正視自己的過去。我二十幾歲的時候，被當時的男友持續施暴好幾年，留下了嚴重的心理創傷。理性上知道那不是我的錯、我沒有做錯任何事，卻又對那段過去感到羞愧，連自己也不願面對。在這種狀態下，我接受了許多次心理治療，情況還是沒有好轉。但當我在擂臺上動手揍了李泰民先生時，我就在想，我一定要把這段故事說出來。我不知為何萌生了這種念頭，有人說過：『要揭開瘡疤，才能療癒它』，這句話說得沒錯。謝謝你們為我安排這個機會，也謝謝李泰民先生耐心的引導。」

她望向攝影機，深深地點了點頭。

隔天，又有一群吵吵鬧鬧的傢伙跑來辦公室。漢洙和趙賢一臉非常好奇第三場對決的表情，眼神發亮地凝視前來拍攝的製作人。不曉得是不是與主播的拍攝順利落幕，製作人一改過往的態度，溫柔地向我遞出寫有第三場對決內容的卡片。我在鏡頭前讀出卡片上的內容。

「第三場對決是問答對決，各自依照特定主題，設計十道題目給對手，答對較多的一方獲勝。」

這些都在預料之中，我並沒有非常驚訝，問題是接下來的內容。

「問答對決將於本週五晚間九點……」我抬起目光，看了製作人一眼，才念完剩下的文字，「以現場直播的方式進行。」

我不懂。節目還有兩集要播，不是可以預錄最後一場對決的事前準備，下一週再進行直播嗎？然而，製作人搖了搖頭，說這次要先公開對決結果，再播出練習過程與最後一集。

我反問「為什麼」，製作人卻只說申製作人心意已決。據說電視臺要他不擇手段拉高最後一集的收視率，若要那麼做，就得從節目的倒數第二集——也就是第四集，開始播出吸睛的內容，而據說他想出的答案就是直播問答。

但我和蔡度相都算不上話題人物，除非在直播途中上演脫衣秀，否則收視率不可能突然飆升。難道蔡度相要脫衣服嗎？我帶著這般疑問，埋頭進行自己要做的事。

我現在要出題。這要求看似簡單，實際要出題時，腦袋卻是一片空白。為了出題苦惱一陣子後，才發現周遭突然安靜了下來。攝影團隊已經離開，照理來說，應該傳來漢洙和趙賢聊天的聲音，然而現場卻是一片鴉雀無聲。我抬起頭，發現四隻眼睛正直直地盯著我看。

「你們在幹嘛？」

「哥，這次真的沒辦法了。」

漢洙語氣悲痛地說著。

「什麼沒辦法？」

「還能是什麼？問答啊。你不可能在問答對決中獲勝嘛！」

這才發現，趙賢凝視我的目光也充滿惋惜。

「有辦法挖走他們的答案嗎？」

「要不要挖走你的內臟？」

「喔，不愧是當過討債集團的人，這種發言真可愛。」

「……」

「請不要真的挖出來。」

「那你就給我閉嘴。」

「好的。」

趙賢回答完，忍不住咧嘴一笑。我怎麼感覺自己好像成了他們調侃的對象？

「泰民哥，現在不是看趙賢的內臟新不新鮮的時候，你趕快打給尹理事，告訴他這個消息，讓他出點主意幫你擬定對策。」

「他說我不用在意。」

「你什麼時候打給他的？」

「我沒打。」

我說出他在拳擊對決前說過的話。聽完後，兩人面面相覷，又轉頭看我。

「所以尹理事這次也有方法囉？」

「你沒問他要用什麼方法嗎？」

我沒回答，只是靜靜看著兩人。在進行第一場對決時，他們還表現出不信任，現在根本連方法都還沒聽到，就一致露出安心的表情。

「你們現在願意相信尹理事了？」

「怎麼可能不相信？他徹底看穿了節目走向耶。」趙賢噗嗤一笑，繼續說道：「其實這次的事情，讓我對尹理事刮目相看了。他擔任理事時工作能力確實很強，但我覺得他只是盡到他應盡的職責，沒想到是我誤會了。前輩，你知道尹理事卸下職務、你被趕出夢想時，人們說了哪些風涼話嗎？他們都把話說得很難聽，說即使是尹理事，如果沒有職位賦予的權力，絕對不可能把你捧紅，還嘲笑你們會認清自己幾斤幾兩。前輩到處試鏡配角的事，也被人說過閒話。如今賄賂電視臺、向電視臺施壓的蔡度相原形畢露，而前輩在網路上的形象更是徹底翻轉，成了一個超酷的藝人。多虧這個節目成為當紅話題，我和漢洙的知名度也因此提升了。前輩，你沒看過網友的反應吧？」

「他哪可能看到啊！都不知道他那臺古董手機能不能連上網路呢。」

為什麼不行？明明連得很順啊。只是螢幕裂掉，看起來不太方便而已。

「也對，大家都說泰民哥用古董手機的樣子很可愛，所以應該為了維持形象繼續用下去，但還是可以買一臺平板電腦帶在身上啊。哥，你不知道自己現在變得多出名了吧？」

「我只知道你現在要被揍了。」

「嘻嘻，我已經不怕……呃啊！」勉強閃過我拳頭的漢洙，眼神驚恐地大喊：「真的差點打到我耶。」

「對啊。」

「……」

現在其中一個傢伙終於閉嘴了。我盯著趙賢，問他還有沒有話要說，他立刻露出奸詐的笑容後退。

「我只有說尹理事的事喔。」

「吹捧神經病更煩人。」

「但我還是很期待，他在這次的問答對決會用什麼方法讓你取勝呢？我真的超級期待，甚至忍不住想到一種陰謀論，懷疑這只是尹理事龐大計畫中的一部分。」

陰謀論啊。我也懷疑過目前的事態發展都是神經病的計畫，除了讓我獲勝以外，他應該另有其他目的。照常理來說，無法預見未來就不可能真的預測一切情況，但我看向神經病的眼神仍帶著濃濃的懷疑。這都要怪他自己。

「所以要怎麼贏？」

我一邊絞盡腦汁思索要出給蔡度相的十道題目，一邊問神經病。現在神經病連深夜時段也窩在熟悉得如同住了好幾年的頂樓加蓋套房。一般來說，他不會在這裡待太久，因為只要他來了，屋主每三十分鐘就要上來拜訪一次，導致他沒辦法和我做任何事，所以他不喜歡在此久留。然而，得知今天社長與夫人一起去參加聚會後，他便懶洋洋地坐在小套房中，閱讀著夫人留下的武俠小說。

「你知道了能幹嘛？」

能幹嘛？我是要參加對決的人，當然要知道方法才能取勝啊。

「要是你異想天開以為自己努力五天就能取勝，那我勸你還是打消念頭吧。」

「所以你要我直接認輸嗎？」

「當然要贏，但你不用多做什麼。」

「說清楚一點，不要裝模作樣，講得好像你什麼都知道。」

他好煩。他讀的書好煩。書名寫的漢字也好煩。不僅如此，底下的副標題也是漢字……咦？漢字？我又仔細看了一下——欲深谿壑。我趕緊查看出題規則。

第一題：給予三項提示的聯想問答。

第二題：四字成語。

有四字成語。雖然可以從成語辭典隨便挑，但數量太多也不容易拿定主意。不過，我覺得就是它了，畢竟這是我這輩子第一次看到的成語，而且裡面包含「罵[13]」這個字，相當適合這場互相謾罵的對決。好，就選欲深谿壑吧。我認真在紙上寫下第二題的題目時，感受到了一股視線。神經病的目光離開書本，正盯著我看。

「……」

「你選了欲深谿壑對不對？」

13 原韓文漢字「溪壑之慾（계학지욕）」。在韓文中，「欲」的韓文「욕」也有「辱罵、髒話」的意思。

我板起一張臉，裝出處變不驚的樣子。

「告訴我，你的計畫是什麼。」

「你別出第三題，留給我。」

他沒理會我說的話。我看了看紙上的說明文字。

第三題：與症狀或現象相關的詞彙。

幹，怎麼可以把出題規則寫得像謎題啊？到底要我怎麼出？說到症狀的話，我只想到感冒症狀。但既然他那麼說，第三題就算解決了吧？

「如果你不告訴我作戰計畫，就給我出去。」

「我本來想和你一起出第一題的。」

「……讓你多待五分鐘。」

就這麼加上條件後，我聽他念出第一題的題目，並認真寫在紙上。

擲骰子、塞・湯伯利一九六二年的作品、五十五歲死亡

達成目的後，我看著時鐘告訴他。

「五分鐘到了，如果你不說出作戰計畫，就自己出去吧。」

話雖如此，我心想如果他答應替我出完剩下的題目，就允許他留下來。第四題是運動用語，我可以自己處理，但到了第五題又再度面臨難關。

第五題：與數字「5」有關的問題。

爛透了，真是爛透了。

「我不是說了嗎？就算你知道了，也不用多做什麼。」

「所以你要我每題都答錯，直接輸給他嗎？」

「你至少會答對一題。」

「你怎麼知道？」

「有一次求救機會啊。」

聽他這麼一說，我才想到有一次求救機會，可以上網搜尋或打電話。我當然要打電話給神經病，要是他答不出來，我就要在直播節目毫不留情地嘲笑他。

「只答對一題要怎麼贏？」

「又不是不可能。」

他盯著書本回答我。咦？那瞬間，我的腦袋突然靈光一閃。

「這就是你的計畫嗎？讓我答對一題就獲勝？」

真無言。那樣就要對方答錯我出的所有題目耶。等等，這也不是不可能，認真想想確實是個不錯的方法。出題的是我，我只要出對方絕對沒辦法答對的問題不就好了？

「幸運的話，說不定會出現你能回答的問題，可以多答對一、兩題。」

「怎麼可能？對方也會把每一題都出得很難，讓我沒辦法答對任何一題吧？」

「不會每題都很困難，大概會有三題是簡單的。因為他們想重挫你的形象，呈現出你連簡單問題都回答不出來的樣子。要是他們認真調查過你，反倒有可能一半題目都是簡單的。」

如果這是真的，我都不知道自己該開心還是難過。

「他們真的會冒那種風險嗎？要是我統統答對怎麼辦？」

「……」

「你幹嘛用那種眼神看我？」

「只是在想，如果你在開玩笑，我要不要配合笑一下。」

我們之間陷入一陣尷尬的沉默，片刻過後，我終於開口。

「對不起，不好笑。」

「嗯。」

他繼續看書，我也重新低頭看著紙張思索題目。又過了一會兒，我才再次抬起頭來。

「你不走嗎？」

「我要在這裡過夜。」

「你不要留在這裡又嫌髒，想要廢就回你的高級公寓去。」

「不要，我就是愛賴在這裡又愛嫌。」

「你是小孩子嗎？」

「搞不好是啊，在你面前我又不是一定要裝成熟。」

我皺起眉頭看他，他的眼神卻沒有離開書本，繼續開口說道。

「我會在你面前無理取鬧、讀武俠小說耍廢，想賴在你身邊的時候也會毫不猶豫地黏著你。」

我默默凝視他一段時間，才繼續低頭出題。直到深夜時分，我們又鬥嘴了幾次，但就只是鬥嘴。他繼續看他的武俠小說，我繼續做我的事。既沒有做愛，也沒有駭人的告白。不過，我很開心。

在現場直播的對決到來前，要進行的拍攝並不多。原本已經幾天沒拍攝了，卻又在對決前一天接獲通知，要我把漢洙和趙賢找來一同呈現出題畫面，匆匆忙忙地完成了拍攝。

「現場直播的時間又湊不到一小時，為什麼預錄的分量這麼少？」

漢洙靠在助理企劃身旁詢問。我和趙賢則在一旁裝忙，一邊豎耳偷聽。

「申製作人和高層大吵一架，這整週都為了這件事鬧得雞犬不寧。因為尚未取得高層同意，目前還不確定這週要不要現場直播。」
「可是明天就要直播了耶？直播問答有什麼問題？」
我也有點困惑，這有什麼好吵一整週的？
「有可能是直播會衍生意想不到的問題，但我猜是蔡度相的團隊反對。」
「為什麼？他們怕自己會輸嗎？」
「哈哈，不知道。」助理企劃笑著聳了聳肩。「總而言之，明明是為了衝高電視臺想要的收視率才決定直播的，結果電視臺又自己反對，真不知道他們到底想怎樣。」
所以說，想提高收視率也未必要直播吧？可能是不太了解電視圈，我反而不能理解申製作人為什麼堅持要直播。
「那明天的問答有可能沒辦法現場直播囉？」
「不，應該還是會如期直播，因為申製作人要我們今天直接發出預告片。」
「那真是太好了……應該是好事吧？」
漢洙沒把握地詢問。不知道是不是歪著頭的關係，助理企劃似乎覺得他很可愛，被他那副樣子逗得咯咯笑。但我和趙賢都臭著一張臉。
「如果希望是好事，就請你們在節目開播前保管好題目和答案。」
說完這句話，她便快步走出了我們的辦公室。
「哥，聽到了吧？太勁爆了！蔡度相好像沒信心能贏過你！這像話嗎！」
「……」
「……我知道了，哥，你先把椅子放下。」
我將椅子放了下來，但沒有鬆開抓著椅子的手。見狀，漢洙警戒地開口。

「總之，蔡度相好像真的沒信心能贏。」

「所以才要更小心啊。」趙賢在一旁插話，看著我繼續說道：「就像助理企劃說的一樣，要保管好你的題目和答案。蔡度相應該會不擇手段想贏得最後一場對決，如果他想贏，就只能偷走你的題目了。」

他語重心長地給予建議，對此我卻沒什麼特別的想法。他想取勝的話，不是只有偷走題目這個方法。他們說不定也擬定了神經病告訴我的計畫——把每一題都出得很難，企圖以一比零獲勝。

在這種情況下，就必須透過求救機會答對一題才行，但他們有和神經病差不多的鄭義哲耶？那到頭來，這對決其實是神經病和鄭義哲的戰場。從鄭義哲這段時間對神經病展現的密切關注推斷，我認為他理所當然會選擇用這種方式與神經病交手。

至少鄭義哲會反對偷走題目吧。此番推測讓我把助理企劃的叮嚀忘得一乾二淨，就連在直播當天也一樣。因為要直播的關係，幾小時前就必須到現場彩排，我在舞臺與休息室來來回回，忙得暈頭轉向。

這天，社長和店經理在神經病坐鎮指揮下，在我身旁為我打理一切。只要伸手，要什麼就有什麼，我這才發覺，原來他們兩個竟然有這種能力。在直播開始的前四十分鐘，一個工作人員來到了我的休息室。

「製作人說你們還沒繳交題目與答案，請我過來拿。」

他似乎覺得要沒時間了，不斷看著手錶，反覆催促我們盡快提供。見狀，社長走向前。

「我聽說題目可以手寫在製作單位提供的卡片上，製作人已經確認過內容是否合適了，為什麼還要額外提供呢？」

「因為字幕要打出問題與答案，得趕快交給影像字幕組處理。快點。」

啊，字幕組。社長這時才轉頭詢問我的意見。還能怎麼辦？人家都說字幕需要了。

「題目只有我身上這一份，要抄寫的話應該需要一段時間。」

「那至少把答案給我吧，快點。」

他再次催促。我準備把答案抄到另一張紙上，卻從第一題就卡關了。見我拿著原子筆愣住，工作人員著急地詢問。

「怎麼了嗎？」

「……我不知道答案。」

什麼？在錯愕的工作人員身後，社長與店經理也驚訝地看著我。他們該不會以為我比他們想像中還笨吧？

「居然出了連自己都回答不出來的難題？真是驚人。」

「這真是令人意想不到的反轉啊，經紀人。」

兩個人莫名奇妙稱讚了我。工作人員的表情更著急了。

「每一題的答案都不知道嗎？」

「只有第一題和第三題不知道。」

第三題我連題目都不知道，因為神經病這小子還沒告訴我題目。

「那你把剩下的答案寫出來吧，我要趕快回去，不然就完蛋了。」

在他的催促下，我把剩下的答案也寫好交了出去。他一把搶過答案，立刻衝出休息室。接著，不久後，造成工作人員壓力的當事人走了進來——是申製作人。

「待會要現場直播，你不會緊張吧？哈哈，我來幫你加油。」他一邊說著廢話登場，一邊手指著我，「李泰民先生，你跟我出來一下，我要跟你說幾件直播相關的事情，很快的。」

要說什麼？我跟著他穿過走廊，進入某個房間。從進入房間的那一刻，一股不爽的情緒瞬間湧現——這裡正是我被鄭義哲威脅的那間房間。

「你坐。」

申製作人對站在原地不動的我，指了指對面的椅子。

「再二十六分鐘就要直播了，怎麼樣？你覺得自己會贏得這場比賽嗎？」

「不知道。」

「你不想贏嗎？」

「製作人問這種理所當然的問題有什麼用意？」

用意啊……他露出狡猾的笑容，聳了聳肩。

「我只是好奇你所謂的『理所當然』有多迫切，因為我可以讓你的願望『理所當然』地成真。」

我沒有回答，只是靜靜凝視著對方。這傢伙到底在說什麼啊？雖然感到不悅，我卻因為不能貿然發火而選擇沉默。申製作人轉動他油亮的眼珠，低聲笑了。

「啊，真是的。你聽不懂嗎？你也知道，我是接外包的，確切來說是用我的製作公司接案。這個節目必須成功，我才有辦法發薪水給在我底下工作好幾個月、卻還沒領到半毛錢的員工。可電視臺居然說，如果今天的收視率沒達到他們的目標，就不能把錢全部付給我？很亂來對吧？算了，罵電視臺也沒用。誰叫我是乙方，即使拿不到錢，如果想繼續接案，就只能迫於無奈答應。但問題是我底下的員工會餓死啊！現在你懂我的意思了吧？」

「不懂。」

「我是要你救濟一下我們的員工，而你也會獲得你想要的勝利。」

「……」

「你已經提前交出答案了吧？現在我的口袋裡，有蔡度相先生出的題目的答案。只要你說OK，我就交給你。」

不是說他為了做節目，絕不向外界壓力低頭嗎？看來還是會為了五斗米折腰啊。我搖了搖頭。

「我不要，而且我也沒錢。」

「要錢的話，你的現場經紀人不是有嗎？」

「那不是我的錢。」

「怎麼這麼說呢？只要你開口，哪怕是幾十億，尹傑伊先生也會大大方方拿出來。當然，我只要幾億元就夠了，不會造成你太大的壓力。」

「你搞錯了，即使我開口拜託尹傑伊，他也不會拿錢出來，況且我也不打算拜託他。如果你已經說完，我就先告辭了。」

「嘿，李泰民先生。」申製作人叫住準備起身的我，又噗嗤一笑，「你真是搞不清楚狀況。你認為自己參加這個節目、累積了一些人氣，是自己表現得很好嗎？才不是，是因為我，是我把你包裝成受人歡迎的樣子。也就是說，只要我願意，就能讓你的人氣瞬間跌落谷底，甚至讓你被這個圈子封殺。」

「申製作人也搞不清楚狀況耶。」

「什麼？」

「你以為這種威脅警告只有你說過嗎？我已經聽過好幾次，現在都快聽膩了。」

我站起身，認為他已經無話可說，準備轉身離去。這時，他低聲的咕噥從我背後傳了過來。不過，那不是說給我聽的，他打了電話給某人。

「喔，鄭義哲先生，我現在就把李泰民先生的答案拿去蔡度相先生的休息室。」

轉頭一看，正在講電話的申製作人看著我，露出笑容。

「這次的問答對決一定非常精彩。」

我在距離直播剩十八分鐘的時候回到了休息室，神經病本來在裡頭講電話，看到我就立刻掛斷了。

「大家都去哪裡了？」

「去找你。」

神經病回答完，便直盯著我看。

「怎麼了？」

「鄭義哲那傢伙可悲到對他復仇也是浪費時間。」

蔡度相年輕又幼稚，那麼做也就算了，鄭義哲這小子真的很讓人無言，水準低落到對他生氣都嫌浪費心力。他難道就只有這點能耐？我坐在椅子上，轉述申製作人的話。

「我應該會輸掉這場對決，除非我能在十八分鐘內出完十個新問題替換。」

就算出完了，申製作人也不可能同意。想到自己即將不戰而敗，心情真是不爽。不過，看見神經病的表情，我突然不那麼想了。他正在笑。

「笑什麼？」

「只是很意外你也會自己想辦法。你就那麼不想輸嗎？」

不想。都已經辛苦這麼久了，我不想在正式對決前，就因不正當的手段輸給對方。我非常不想輸，甚至想立刻去蔡度相的休息室翻桌，爆打他們所有人一頓，是好不容易才忍住這股無處發洩的怒火。我也對這樣的自己感到陌生，熱衷於某件事和莫名爆發的情緒都讓我非常茫然。這樣的想法和這樣的情緒，與過去的罪惡感全然無半點關係。

「就算換了題目，申製作人現在也不可能答應。」

我轉移話題後，神經病又問。

「你想贏嗎？」

「對。」

「我會讓你贏。」

「你要怎麼做？」

「照原本的計畫走，你會以一比零取勝。」

可是他們手上有我的答案耶？我停頓了一下。

「難道你覺得申製作人沒把答案交給他們嗎？」

「不，他給了。在你回來前，申製作人就打電話通知我了。」

看來是直接打給神經病要錢了。是想趁答案交到蔡度相他們手上前，最後一次討價還價嗎？

「確切來說，沒有給出全部答案，只給了你出的題目。」

「那還是有八題啊，我要怎麼以一比零取勝？」

「你要讓局面演變成這樣。」

「怎麼做？」

「第一題和第三題是我出的，他們不知道答案。關鍵在於第二題，需要你臨場隨機應變，看是要換個方式提問，讓他猜不到，或是刺激他的情緒，讓他胡言亂語。」

換方式提問或刺激情緒？第二題是四字成語「欲深谿壑」，表示欲望比山谷更深，難以填滿……等等，如果讓他就算知道答案，也開不了口呢？我想到一招了。雖然不確定行不行得通，但值得一試。

「就算第二題搞定了，第四題之後呢？」

「改變題目順序。」

「什麼？」

「不管主持人說什麼，你搶先念出題目。別念第四題，而是念其他題。蔡度相應該不會察覺異狀，會直接說出他背好的第四題答案，那一切就搞定了。」

「我可以擅自改變題目順序嗎？」

「有什麼不可以？反正是現場直播，他們也拿你沒轍。」

他們應該不會突然說自己其實沒在直播吧？我沒有收起懷疑的眼神，繼續追問。

「可是蔡度相不是笨蛋，他會發現答案和題目不一樣吧？」

「他不會發現的，要打賭嗎？」

既然他提議打賭，應該是有十足的把握。好吧，就如同蔡度相比我想像中膽小，說不定他也比我想像中愚蠢，就算題目變了也會照著念出原本的答案。畢竟讓我意外失望的也不只這小子。

「蔡度相也就算了，我本來以為鄭義哲會拒絕申製作人的提議。雖然你一直沒有認真對付他，但要是他這次擬定了和你一樣的計畫，不就算是和你正面交鋒了嗎？」

但他卻花錢買了答案？為什麼？

「他是個膽小鬼，現在大概滿腦子只害怕會輸吧。」

不會吧？這是問答對決，如果僅憑實力，蔡度相的贏面一定比較大。但他居然在害怕？

「這就是我和他的差距。他不知道取勝才是最重要的事，所以只能一輩子對我望塵莫及。」

又在自誇了。

「對，你說的都對，你從出生就什麼都知道了。」

「不，我是到了大學才知道的。」

沒想到他會說出如此具體的時間點。

「在學校學到的嗎？」

他似乎覺得我的問題很有趣，忍不住噗嗤一笑。

「在校外，花了三個月。多虧如此，我才不需要繼續上學。」

三個月？是學了某種技術嗎？雖然好奇，他卻說該出去了，便推了我一把，工作人員也剛好開門找我。直播倒數七分鐘，我已經在後臺就定位了。一定要念清楚，不能出錯。我查看著手上的題目卡片。神經病在我站到後臺時，才把他出好的題目卡給我，我根本沒機會閱讀。我想著得趕快練習一下，沒想到卻有人跑來礙事。

「還以為尹傑伊會擬定更有趣的計畫，居然要用一比零作戰？真令人失望。」

看來最近很流行自我介紹呢。

「偷走別人的答案就是很新穎的招數嗎？」

「比較實際啊。反正這又不是個人戰，而是商場上的競爭，最好不擇手段達到目的、獲取利益。不過，尹傑伊做不到吧？他不曾向人屈服，只會維護自己的面子，他一定不懂這些。」

我實在太好奇這場對決究竟會如何收場了，因為尹傑伊和鄭義哲都宣稱對方不懂。

「你知道尹傑伊也說過一樣的話嗎？」

鄭義哲好奇地露出微笑。

「尹傑伊說你贏不了他，因為他知道你不知道的事情。」

「他本來就很愛說大話，說不定只是在吹牛。」

「我也這樣認為。但既然是他大學時期花了三個月在校外領悟的事情，應該是真的有點東西吧。他還說他因此不需要繼續讀大學了呢。」

我完全沒有要為神經病說話的意思，語氣反而還帶著一絲嘲諷，沒想到鄭義哲的表情突然變得有些微妙。

「大學時期……三個月？」

「怎麼？你以為是三歲時候的三個月嗎？」

這次真的是嘲諷了。不過他的表情卻倏然變得凝重，並再次追問。

「他有說當時在哪裡做了什麼嗎？說他為什麼休學？」

「你不是說尹傑伊愛說大話，只是在吹牛嗎？現在卻非常關心他耶。」

只見他笑著退後幾步，卻在轉身之後皺起眉頭。是因為尹傑伊才過三個月就變成老千回來了嗎？

「欲深谿壑、平抽高球、塔諾……」

就在這時，我聽見了一連串熟悉的詞彙。那是我題目的答案。直播倒數一分鐘，站在我身邊的蔡度相背完這一連串答案，輕嘆了一口氣。

「題目怎麼會和出題者一樣有病啊？連回答都覺得丟臉，真是的。」

這番話並不是對我說的，他正看著前方自言自語。當然，音量大到我能聽得一清二楚。好吧，不管這傢伙如何鬼扯都無所謂，既然見了面，我想和他確認一件事。

「你知道是什麼意思嗎？」

「什麼東西？」

「欲深谿壑。」

「不就是山谷很深的意思嗎？」

蔡度相停頓了一下，卻還是說出了大概意思。應該是鄭義哲告訴他答案時，也簡略說明了它的含意吧。

「準確來說是欲望像山谷一樣深，根本無法填滿，專門用來形容你這種克制不住欲望，還光明正大偷東西的人。你要好好記住。」

話音剛落，舞臺就傳來鼓掌聲和轉場音樂。這次也擔任主持人的諧星進行各種介紹後，再次傳來一陣鬧哄哄的喧鬧。隨後，我們兩人便走上舞臺。

地板、牆壁、四面八方都是絢麗的燈光，真俗氣。主持人一說話，燈光就會不停閃爍，嚇唬現場觀眾。原本還納悶舞臺為什麼這麼爛，後來才得知是臨時借用了韓國演歌的舞臺。這舞臺設計瘋了吧？難道是存心要讓韓國演歌歌手全部都失明嗎？

「依照事前擲硬幣決定的順序，將由蔡度相先生率先出題。那麼，對決即將開始！第一題的主題是三種提示的聯想問答，請蔡度相先生開始出題——」

蔡度相拿起和我一樣的卡片。

「第三個地名，水葬，一八八〇年。」

蔡度相臉上露出微笑，彷彿在說——我已經配合你的程度出得很簡單了，怎麼樣？

「請李泰民先生作答，倒數五秒，計時開始。」

我向主持人舉手。

「我要使用求救。」

「喔，要使用求救，第一題就用求救嗎？」主持人頓感驚訝，卻還是保持笑容詢問：「第一題就使用求救，有什麼特別的原因嗎？」

「因為我不會。」

「……」

主持人似乎忘了正在現場直播，沉默了幾秒後才趕緊繼續主持。

「可以上網搜尋或是打電話，你要使用哪一種方式？」

「打電話。」

「你要向誰求救呢？」

「我的現場經紀人。」

主持人臉上再次顯露慌亂的神色。但不管他做何反應，我已拿到一臺接好麥克風的手機，並按下了神經病的電話號碼。在電話鈴聲響起的期間，我暗自期待著——希望尹傑伊答錯，在現場直播丟臉。

『喂？』

電話裡傳來神經病的聲音，限時六十秒計時開始。

「我念題目給你聽，第三個地名、水葬、一八八……」

『高克斯塔（Gokstad）。』

我根本反應不及。因為聽不懂這小子在說什麼，我一度懷疑他是隨便掰了個答案出來。不過看蔡度相的反應，我知道自己誤會他了。我掛斷電話，說出答案。

「高克斯塔。」

蔡度相略顯驚訝，忍不住噗嗤一笑。

「是高克斯塔沒錯。」

一盞閃瞎人的燈馬上開始閃爍，答案大大地顯示在後方的大螢幕上。蔡度相枯燥地解釋，高克斯塔既是維京人的船名，也是發掘地的名稱。這艘船於一八八〇年被挖掘，曾用於水葬用途等等。現在輪到我出題了。

「擲骰子，塞．湯伯利[14]一九六二年的作品，五十五歲死亡。」

我稍微期待了一下。畢竟蔡度相沒拿到第一題的答案，我很好奇他會做何反應。要是他和我一樣使用求救，說不定會聯絡鄭義哲。這小子會直接答對神經病出的問題嗎？

神經病輕輕鬆鬆就答對了，真沒意思。

「時間快到囉……三、二、一，好的，蔡度相先生沒有回答出來呢。」

蔡度相沒用使用求救。是覺得已經知道八題的答案了，所以沒必要用嗎？

「李泰民先生，請公布答案。」

「我不知道。」

「什麼？」

「字幕不是會顯示嗎？」

主持人又慌了一下。他尷尬一笑，伸手指向螢幕。

「來看看答案吧。」

幸好答案顯示出來了，看來神經病還是有把答案給製作單位嘛。

「尤利烏斯．凱撒」[15]

14 Cy Twombly，已故美國抽象藝術家，其創作生涯晚年備受國際藝壇矚目。

15 Gaius Iulius Caesar，西元前一〇〇年七月十二日至西元前四四年三月十五日，史稱凱撒大帝，羅馬共和國末期的軍事統帥和政治家。其名言「Alea iacta est（骰子已被擲下）」亦衍生出許多西方諺語。塞．湯伯利曾於一九六二年創作以「Ides of March（羅馬曆三月十五日）」為名的作品。

我聽過這個名字，那不是夜店嗎？算了，現在不是糾結這個的時候。重要的是，目前情況形成一比零的局面了，接下來的關鍵是繼續維持這個比分。不知不覺間，我竟對神經病的說法深信不疑，成了推動這個計畫的另一個神經病。

「第二題是四字成語。蔡度相先生，請出題。」

「這個成語的意思是口袋裡的錐子，用來比喻有才華的人即使躲起來，也會被別人注意到。雖然自己說出來很不好意思，但這也是觀看第一場對決的教授用來形容我的成語。」

號稱不好意思的他莞爾一笑。我緊盯著他，開口問道。

「你說是用來形容你的成語？」

「是的。」

主持人開始倒數，我在倒數到最後一秒的時候說出答案。

「腦袋有洞。」

現場瞬間陷入沉默。看來答案不是這個，但沒關係，因為蔡度相臉上的笑容已經消失了。

「啊……李泰民先生，這是現場直播，麻煩說話文雅一點喔。請問你要重新說出答案嗎？」

我說錯了嗎？那好吧。

「孬逮有東。」

觀眾席忍不住傳來一陣哄堂大笑。主持人急忙救場，秀出螢幕上的答案。

「錐處囊中」

我第一次聽到這個成語。儘管依照蔡度相的說法，這個詞彙在之前對決時出現過，我卻感覺非常陌生。

「李泰民先生，請出題。」

我低頭看了我的第二張卡片，又抬起目光。要是直接念出卡片上的文字，那小子一定會答對吧？我必須照神經病所說，換個方法刺激他。

「這個成語是指幽深的山谷，剛好適合形容蔡度相先生。究竟是什麼呢？先告訴你，不是腦袋有洞。」

我又聽見了幾個人的笑聲，但臺下馬上就恢復安靜。主持人看了製作人一眼，請我把題目說明清楚。蔡度相的嘴巴雖然在笑，眼睛卻死死瞪著我。對，你這麼生氣的話，我說明起來才會更容易。

「蔡度相先生非常了解自己，我應該不用多作說明。」

主持人輪番掃視我們，才詢問蔡度相是否要回答。蔡度相看著我笑了。對，笑吧，反正你還會答對一堆題目，這題就從容地答錯吧，王八蛋。

「這個嘛，是鶴立雞群嗎？」

我也看著他笑了。儘管對決雙方都露出笑容，攝影棚的氣氛卻降到了冰點。第二題結束了，比分仍然是一比零。

「進入第三題，與症狀、現象相關的詞彙。」

蔡度相率先出題，我再次回答不知道。現在不管他出了什麼題目，都已經不重要了。

「那麼，換李泰民先生出題。」

我拿起神經病在直播前拿給我的題目卡，因為來不及提前讀過，我深怕念錯，刻意放慢語速。

「這是其中一項流傳幾千年的民間療法，特色是飲用自己的體液。」

這是？

「至今仍有許多人相信，飲用這種東西能夠預防各種癌症、發炎與皮膚疾病，並且持續這麼做。不過，一定要小心副作用。尤其是飲用別人的體液時，更要多加注意。偶爾有些人飲用他人的體液並非為了治療，而是基於其他原因，在這種情況下出現問題的案例並不少見，因為體液中可能殘留服用的藥物成分，對飲用者造成影響。」

讀到這裡，我發現好像哪裡怪怪的，趕緊念出下一行。

「舉例來說，如果飲用了服用高血壓藥物的患者的體液，飲用者的血壓就會因此出現問題……還有可能因伴隨眩暈症的低血壓而昏倒……所以一定要特別小心。」

我念得越來越慢。雖然製作人和助理製作人一直暗示我，我的目光卻無法從卡片移開。過了好一陣子，我終於抬起目光看向蔡度相。他的臉色比吃驚的我還要慘白，宛如一座毫無生命的銅像，徹底僵住不動。啊，原來你也知道。我讀出卡片的最後一段。

「也被人比喻為黃金的這種體液是什麼呢？」

我每天都想品嘗你給予我的黃金。如果你愛我，不想讓我難受，就別吃藥了。

韓莉燕極力想要掩藏的祕密，化作答案顯示在螢幕上。

「尿液」

燈光閃爍，主持人說了一些話，觀眾在臺下拍手叫好。不過，我眼中就只有蔡度相。他已經笑不出來了。他的瞳孔不安地顫動，似乎連拿著卡片的手也在不停顫抖。到了後來，他念出問題的聲音甚至也開始微微發顫。即使我回答不知道，他也不再顯露高興的神情。又輪到我出題了，我低頭看著自己的題目卡，抽出後面的另一張。

「史瓦希里文是非洲使用的一種語言，請問這種語言的『五』要怎麼說？」

主持人皺起眉頭，看向自己的手卡。第四題的主題是運動用語，而我剛才念的是第五題的題目。主持人翻了翻手卡，好像發現出錯了。我代替慌張的他，對蔡度相說。

「蔡度相先生，請回答。」

在我的呼喚下，他才終於回神似的趕緊開口。

「平抽高球（Driven Clear），答案是平抽高球。」

一串英文從他口中脫口而出，人們紛紛露出狐疑的表情。蔡度相好像也察覺到人們的目光，開始慌張地左顧右盼。緊接著，螢幕上出現的答案，讓他倏然愣住。

「塔諾（Tano）」

在那之後，從我念出第五題題目的那一刻開始，神經病的預言就成真了。

「這是一種羽毛球的攻擊技術，讓羽球以對手伸出球拍後不確定能否碰到的高度過網，在靠近球網的位置墜落的技術是？」

螢幕上出現「平抽高球（Driven Clear）」的答案後，現場一片譁然。這天的對決完美依照神經病的計畫結束了。到了後來，蔡度相甚至一聲都不敢吭。

一比零，這是屬於我的勝利。

之後的幾天，我成了話題人物。當然，蔡度相比我還要出名。因為這場直播，有線電視臺的留言板被灌爆，而堪稱放送事故的現場直播片段也在網路上迅速流傳，甚至有人還擷取我和蔡度相的每一個表情進行分析。

人們的看法眾說紛紜，但主流意見都認為蔡度相提前拿到了第四題之後的答案，而我是因為知情而感到憤怒。

更有趣的是，直播一結束就立刻接續播放的廣告，是宣傳蔡度相演出的、K娛樂公司的電影巨作。因此，那部電影也短暫成為話題。雖然人們的討論為電影帶來了宣傳效果，但電影還未上映，在人們心中的印象就已經大打折扣。

上述這些都是漢洙跟我說的。儘管不是很感興趣，他還是嘰哩呱啦說個不停，讓我被迫得知了許多現況。比如，蔡度相團隊採取強硬手段，發出新聞稿澄清傳聞絕非事實，還表示要向散播謠言的人提告。

我原以為幾天後事件就會平息下來，沒想到申製作人的受訪片段又再次點燃話題。他說最後一集還有更驚人的反轉，要大家拭目以待？到底是什麼反轉？發現蔡度相是外星人嗎？

我不知道他準備了什麼，但直播結束後，就沒有再進行過任何拍攝。被拒絕三次的製作人親口對我說過，最後一集已經剪輯完畢。不管怎樣，這週要播出的最後一集的收視率，肯定能符合電視臺期望，也就是這個圈子所說的「收視開紅盤」。

但這一切都與我無關。直播一結束，我就如同被綁架般，坐上車子前往江原道，深夜才抵達深山裡的民宿。在那裡等待我的，是我先前參演的獨立電影的導演。

他傾家蕩產拍攝的電影，中途曾因導演的個人因素而中斷，但據說近期突然談到了免費提供的拍攝地點，所需器材和工作人員的檔期也剛好對得上，萬事俱備，只差演員。於是我在凌晨的高速公路上飛馳，來到了這裡。

只小睡了兩小時，一早就開始拍攝，然後連續幾天都忙得團團轉。要不是簡訊收件匣被漢洙的三百條訊息塞滿，我早就把蔡度相的事忘得一乾二淨。

導演希望角色在獨處時會因內心的恐懼變得像個小孩，我為了飾演一個在山上遇難後表面故作堅強、內心卻是個膽小鬼的人，每天忙著在落葉堆中打滾哭泣。回到首爾後，我才終於有時間認真閱讀漢洙傳來的無數封簡訊。

——哥，你死了嗎？你死掉了嗎！現在公司亂成一團！你該不會還沒看到這齣精彩好戲就掛了吧！

最後一封簡訊是一小時前傳來的。精彩好戲？要是在夢想大廳的正中央修理這小子，應該是更精彩的好戲吧。不過現在還不是時候，開了幾小時的車回到首爾，我已經累了。

開車明明是現場經紀人的工作，朴室長卻在拍攝第一天就親臨片場，帶走了神經病。我聽說是有人來訪，還說神經病不現身的話，他就不走。

除此之外，朴室長這段期間在美國辦的事似乎相當順利，他滿面春風地向我問好，是在社長翻開魔法手冊後才不敢再與我對視。因為神經病馬上就離開了，我沒機會聽到他的解釋。

你是什麼時候發現韓莉燕的祕密？早就計畫要在直播揭露這點了嗎？這一切都是你安排的劇本？或許我該慶幸神經病不在，讓我沒機會問出口。隨著懷疑逐漸加深，我甚至開始覺得他的計畫應該叫「全球範圍內的巨大陰謀」。但說不定只是巧合，說不定只是事情的發展剛好對他有利，說不定是……可惡，說不定是他太聰明了。

「喔，已經到了嗎？」

車子熄火後，整路都在後座呼呼大睡的社長終於醒了。店經理至少還會和我換手開車，社長整路卻只拿著他在休息站買的食物，吃飽睡，睡飽吃。沒想到，他醒來後的第一句話竟是——

「呃啊，真累。」

你哪裡累？舒舒服服坐在後座消化食物？還是睡太久？

「在車裡吃完東西立刻睡覺，果然很累人。」

原來是兩者皆是。不僅如此，還有另一個原因。

「傑伊不在，坐長途車好孤單喔。」

孤單到你在休息站買了五份迷你馬鈴薯？我還以為你迷你馬鈴薯中毒呢。

「社長下次請務必跟著傑伊一起離開，反正你在我身邊也閒閒沒……」

我本想當面數落他，卻在注意到他的表情後倏然停住。此時，他正面無表情地凝視前方。我納悶地跟著轉頭，發現他家門口停了一臺車，兩個身穿西裝的男人下了車，朝我們走來。

「社長，你先不要下車。」

我擔心是危險情況，伸手制止了他，準備先自己下車，後座卻傳來了他的喃喃自語。

「看來韓莉燕心急如焚啊。」

「什麼？」

「從車牌看來，那是韓莉燕擔任理事的電影發行公司的車。」

是怎麼只看車牌就知道的？我感到吃驚，他卻如同對所有情況瞭如指掌般，繼續說道。

「一定是傑伊不願意見她，她才跑來這裡。」

腦袋瞬間一團亂麻，我努力想釐清情況，挑了個重點開口問道。

「是因為直播公開了韓莉燕的祕密嗎？」

「對，她自己的事情十萬火急，應該不是為了替姪子善後才找你的。現在蔡度相沒人罩了，連搞消失都不敢，只會哭哭啼啼。」

「講得好像你有親眼看到一樣。」

社長沒有回應。什麼意思？好像你真的有看到一樣……

「社長，你是什麼時候知道的？」

「知道什麼？」

「韓莉燕的祕密。」

「看到直播才知道的。」

他並沒有表現出任何吃驚的情緒。他在我這次外地拍攝時全程陪同，我卻沒看過他和店經理討論直播，反倒因為來不及調查劇組的人，忙著一一和他們面談。我懷疑他們兩個早就知道韓莉燕的事了。

「那你知道什麼？」

社長轉頭看我。在陰暗的車內，有那麼一瞬間，我甚至忘記了自己眼前的究竟是什麼人。只見社長逐漸瞇起眼睛，某種駭人的情緒在其中隱隱醞釀。

「你為什麼想知道我的想法？」

「因為我也想加入話題。」

這是我在慌忙之中給出的答案，也是不自覺脫口而出的真心話。幸好他的表情立刻放鬆了下來。

「可是我不想讓你加入耶。」

「……」

「你剛才在內心罵我了對不對？」

「要我直接罵出來嗎？」

我和社長展開短暫的眼神交鋒，過了一會兒，社長退了一步。

「在心裡罵就好。」

我乖巧回答「好」的時候，叩叩，在外頭等待我們的西裝男忍不住敲了敲車窗。社長詢問道。

「要過去嗎？」

去找韓莉燕嗎？如果去了，一定有好戲可以看。說不定她還會急著追問尹傑伊在哪裡，求我們幫忙說服尹傑伊呢。

「你是李泰民先生吧？你得跟我們走一趟……」

「我不去。請告訴韓莉燕女士，為時已晚，叫她洗洗睡吧。」

他們好像真的是韓莉燕派來的。我拋下愣在原地的他們，和社長並肩走進屋內。走過庭院時，社長問我。

「你為什麼不去？」

「因為我想洗洗睡。」

儘管天色昏暗，我還是看見他的嘴角抽動了一下。

未接來電十七通。到了這個地步，第十八通電話恐怕是非接不可了。看了一下時間，已經是早上九點。凌晨抵達後，因為今天沒有安排任何行程，我打算好好休息一下。這週過得太累了，這次拍攝的疲累不是來自獨立電影的惡劣環境，而是充滿熱忱的導演。因為一直在斜坡打滾，全身上下到處都是瘀青。被響個不停的電話鈴聲吵醒後，我全身都在哀號。

「喂……？」

『哥——！』

啊，吵死人了。我將手機拿遠。

『哥，你到底在哪裡？還在江原道嗎？你什麼時候回首爾？現在場面好混亂，你怎麼不來？』

這小子的聲音在我的腦袋裡嗡嗡作響。

「喂，你很吵。」

『這裡更吵！現在一群記者湧入我們公司了，他們不知道你的新辦公室在哪裡，全都跑來這裡堵人。』

比起記者為什麼過來鬧事，我更好奇另一件事。

「你不是知道嗎？為什麼不告訴他們？」

『嗯？可以說嗎？我看他們都找不到，就以為是祕密……沒有啦，是趙賢叫我不要說的。』

我就知道。

「別說出去。」

要是一群記者湧入小型商辦，事情會變得很麻煩。

『好，我不會說出去的。其實看到一群記者跑來夢想找你，我都快興奮死了。你都不知道當初笑你和尹理事被趕出公司的人，現在表情有多難看。而且真的有個奇妙的傳聞，梅西的電影……』

「沒什麼事的話，我先掛了。」

『哥，等一下！你不問記者為什麼找上門來嗎？』

一定要問嗎？這樣反問後，漢洙又碎念了我一頓，說他早就料到我會這樣，對自己的事漠不關心、沒有專業意識……等等。

『蔡度相的團隊發了新聞稿，說節目本身有很多問題，結果申製作人昨晚上傳了一段五分鐘的預告片，超級勁爆。』

據漢洙所說，那是在節目正式開播前的預告片，前面幾乎原封不動，但後面接續播出了未經剪輯的真實場景。

「只要有一根棍子，我就贏定了。」

我明明是對漢洙說話，卻被人們痛罵的橋段一刀未剪地播了出來。但讓人們更驚訝的是蔡度相。

「我為什麼答應參與這場對決？因為我想克服恐懼。我高中的時候到美國留學，是因為遭受了校園暴力。當時的我，被人稱飆車族的校園流氓盯上，被霸凌到曾經產生自殺的念頭。」

在這之後，蔡度相以為拍攝結束了，開口要求。

「請幫我把背景音樂配得感性又凝重，李泰民那傢伙的片段配上白痴或洗腦的音樂就好。要是那傢伙開口罵人，你們一定要錄下來，剪進節目裡，那樣才能更突顯我的人設。對了，我現在要哭嗎？如果只是眼眶泛淚，我可以馬上做到。」

在驚人的五分鐘預告片結束後，擲硬幣那隻手的主人現身。被拋到攝影棚正中央的硬幣落在地上，在製作人、攝影師、企劃、燈光組等工作人員的目光中，申製作人上前確認了硬幣正反。隨著鏡頭拉近，硬幣上面的「LIE 謊言」也跟著出現，而伸手將硬幣翻面後，則出現「TRUTH 真實」的字樣，到此預告片也隨之結束。據說這五分鐘的預告片引發了軒然大波。漢洙是這麼形容申製作人的——

『根本就是超級神經病。他和崔經紀人說的一樣，是為了提高收視率，什麼事都做得出來的超級神經病。可能是這個原因，同樣是神經病的尹理事才能了解他。』

的確有可能是這樣。不過，就算以收視率為先，也不可能冒著與韓莉燕和K娛樂公司槓上的風險做出這種事。也就是說，他早就知道了——知道韓莉燕、她的電影發行公司與K娛樂公司即將遭受巨大打擊，成為斷線的風箏。他早在節目開始前就知情了吧。

應該是尹傑伊告訴申製作人這項消息，而他決定豪賭一把。當然，即便他只是相信尹傑伊就做出這種神經病行徑，在進行現場直播前，大概也沒有真的要揭穿一切的意思。但他在直播過程中得到了確切答案，知道自己賭對了，於是現在大搖大擺地發布預告片。

這時我才終於能縱觀全局。難怪神經病要逼我來上這個節目。他們兩個到底協議和規劃到什麼地步啊？我感覺自己成了兩人手中的棋子，心情超級不爽。我想問個清楚，於是打了電話給神經病。

『嗯。』

「你從一開始就計畫好了嗎？你早就知道申製作人的節目走向會怎麼安排了吧？」

『真好。』

「什麼？」

『睽違三天聽到你的聲音。』

這小子突然說什麼傻話啊？我皺起眉頭，卻突然想不起來自己原本要說些什麼，只能閉上嘴巴。

『我也沒料到申製作人會用這種方式製造反轉。』

我差點驚訝地反問「什麼」，好不容易才堪堪忍住。

「他沒有提前告訴你嗎？」

『他只跟我說一件事——如果參與了他的節目，結果要不是身敗名裂退出演藝圈，就是徹底爆紅。他不會進行惡意剪輯，也不受外界壓力影響，只會憑著拍攝內容將其中一方塑造成垃圾，如果有辦法承擔後果再簽名。』

「如果一開始的宣傳片不叫惡意剪輯，那是什麼？」

『普通剪輯。』

要是再遇上這種普通剪輯，我就要被徹底封殺了吧。這時我忽然想到，自己簽名的合約上沒有那種條款。

「除了我簽的合約以外，還有別的合約嗎？」

『經紀公司有另外簽一份。』

不管怎麼說，我一樣是一枚棋子。我只是很好奇一件事。

「難道你是為了讓我徹底身敗名裂，再也做不了藝人，才接下這份工作的？」

我沒聽見回答，只聽他低聲笑了。

「別用笑聲敷衍我。」

『沒差吧？反正你沒有身敗名裂，還徹底爆紅了。』

並沒有徹底爆紅吧。

「就當作你是希望我身敗名裂才簽的好了，但對方為什麼要承受無謂的風險？」

『因為鄭義哲是白痴啊。』

「講認真的。」

『我很認真，我也沒想到鄭義哲會跟來上這個節目。』

他再次低笑。我想起神經病在李夏峰的開幕活動遇見鄭義哲，還刺激他的事。他是故意不斷拋出誘餌的嗎？

「你到底是什麼時候開始和申製作人討論節目的？」

『我只和他接觸幾個月而已。我得走了。』

這才發現，他的聲音裡隱隱夾雜著嘈雜的喧鬧，好像有人在廣播，還有人在說話。

「去哪裡？」

『去找你。』

電話掛斷後，我才倏然反應過來，那是機場的噪音。

「你說尹傑伊去哪裡了？」

我正準備走出社長家，在打開大門前錯愕地詢問。我說神經病在機場打電話給我，社長不以為意地回應道。

「看來他今天要從美國回來。」

「美國？」

「嗯，美國。」

「他去那裡幹嘛？」

「和某人見面。」

「誰？」

「有趣的人。」

我正準備打開大門，又無言地盯著他。他自己回答完，一個人開始噗嗤大笑。

「要是那個人出現，就真的頭……」

頭？為什麼不把話說完？我看向前方，思緒也跟著停了下來。有人在大門口等待著我們——是鄭義哲。

「呵呵，真是的，從昨天開始就有一堆客人上門。」社長從容地走向前。「這不是蔡度相先生的經紀人嗎？」

鄭義哲向社長點頭打招呼後，立刻向我搭話。

「李泰民先生，我要占用你一點時間。」

社長擋在我身前。

「要占用泰民的時間，應該先問過我這個經紀人吧。」

我頓時傻眼。他哪時候管理過我的時間了？他現在的反應看起來只像是好奇鄭義哲要和我說什麼，才想跟著湊熱鬧。鄭義哲向社長露出他的招牌笑容。

「我可以和李泰民先生單獨談談嗎？」

「要談什麼？先讓我這個經紀人聽聽看。」

「我要直接和他本人談。李泰民先生應該不是上廁所前，需要先經過經紀人同意的小孩吧？是不是？李泰民先生。」

「我都是徵求同意後才去上廁所的。」

聽見我的回答，鄭義哲的笑容瞬間扭曲。

社長在我為他說話後，得意洋洋地抬起下巴。

「沒錯，泰民如果沒有經過我的同意，連尿尿都不行。」

要是我再偏袒你，我就不姓李。

「好吧，你想找我談什麼？」

「沒什麼，只是對我的同學感到好奇。」

「同學指的是我們的傑伊？」

「是的，沒錯。這才想到，你就是尹傑伊的叔叔吧？」

社長的下巴抬得更高了。

「對，我就是傑伊的叔叔。咳咳，你是聽我們傑伊說的嗎？」

「不是，尹傑伊不會提到自己的家人，我也是回到韓國後，才知道他有個叔叔。既然有個這麼熱心幫忙姪子的家人，怎麼不早說呢？你不是為了幫助尹傑伊，連酒店的工作都辭掉了嗎？好像叫愛麗絲的迷宮？哈哈，名字很可愛，卻是採用會員制的高級娛樂場所，不是隨隨便便就能進去。傑伊的叔叔，我很欣賞你重視家人大過金錢的樣子。明明在家是個得不到認可的孩子，卻這麼疼愛姪子，真令人感動。」

這傢伙又在睜眼說瞎話了。我本來打算走向前，往他臉上狠灌一拳，讓他沒辦法再耍嘴皮子，不過社長伸手制止了我。

「別衝動，鄭義哲先生之所以這麼感動，都是有原因的。」

原因？我和鄭義哲臉上同時浮現問號。社長指著鄭義哲，親切地解釋。

「因為在他小時候，爸媽各自忙於工作，出生後便由爺爺奶奶照顧。但爺爺幾乎不在家，應該說是奶奶一手帶大的才對。」

鄭義哲的表情僵掉了。社長心疼地繼續對他說。

「但好像是後來才發現，負責帶孩子的奶奶其實患有憂鬱症，居然那樣虐待一個還不會說話的孩子。啊，因為是很小的時候，你不記得了吧？好險，要是兩歲小孩記得自己每天都被揍到骨折和全身瘀青，每次見到已經住進精神病院十幾年的奶奶，一定會生氣吧。鄭義哲先生這麼聰明，肯定很清楚吧，聽說小時候遭受虐待，會對性格造成極大影響？是這個原因嗎？」

社長對鄭義哲笑了。

「你好像沒長腦。」

「你又沒有親眼看到我的腦。」

「那我就來看看吧。我看看喔，可以從你十八歲時遭強盜攻擊，頭部受傷流血的位置下手。這次應該能剖開你的腦袋一探究竟了吧？」

鄭義哲現在徹底笑不出來了，凝視社長的眼神也不再帶有笑意。只見他後退一步，而社長也跟著往前一步，溫柔地詢問。

「想殺你的那個叫約翰還是冒汗的毒蟲去年出獄了，我來幫你安排見面，營造出你原諒他的感動瞬間，你覺得怎麼樣？」

「……」

「地點挑在你每週必去的義大利餐館，你們可以在窗邊雅座面對面享用桌上的紅酒。既然你回韓國前一天買的紅酒還沒開封，邀請他到你家作客也不錯。你冰箱裡不是還有幾片水果起司嗎？

「那種起司有點甜耶。」

社長微笑著，鄭義哲卻再無任何回應。很可惜，我沒能繼續觀察他的反應，我的目光根本無法離開社長的臉。那是我先前未曾看過的、令人不寒而慄的笑容。

如漢洙所說，記者沒有跑來商辦。且因為我幾乎不上網，也不看電視，並沒有實際感受到對決節目成了熱門話題。我仍是沒有導演欽點的新人，要參與千百場試鏡和練習就是我的日常。在劃分為兩區的辦公室中，其中一側總是空蕩蕩的，我就拿來當練習室了。我在那裡觀看練習演戲的參考影片時，傳來了「叩叩」的敲門聲，隨後門被打開了。

「製作人。」

我打招呼後，被拒絕三次的製作人探頭進來張望。

「經紀人和造型師呢？」

「他們去進行海草按摩了。」

「……喔。」

「怎麼了嗎？」

「所以只有你一個人囉？」

我才想問，所以不是過來拍攝的嗎？他沒帶器材和工作人員，就自己一個人。
「對，只有我一個人。你不是說不用再拍攝了嗎？」
「我不是來拍攝的。最後一集快要播出了，也沒時間重拍剪輯。」
這才想到，再過幾個小時就要播出最後一集了。那他不是應該待在剪輯室嗎？
「你看起來真悠哉。」
「哈哈，對吧？其實是大家接獲命令，在節目播出前要分別躲起來。」
「為什麼？」
「可能是怕高層有人看完最後一集剪輯好的內容，擋下來說不能播吧。K娛樂公司應該也有施壓，他們現在氣得直跳腳，說以後不會再讓旗下藝人上這個電視臺的節目。」
製作人說著凝重的話題，臉上卻帶著笑容。
「說得好像事不關己耶。」
「沒那麼誇張啦，反正電視臺只要收視率高就開心了。雖然他們表面上對申製作人挑三揀四，終究沒有擋下今天的最後一集。收視率飆升到原先預期的兩倍，他們私下應該都在舉杯慶祝了吧。」
「只有K娛樂公司慘兮兮。」
「真的慘不忍睹。我們也沒想到蔡度相先生會在現場直播那樣自爆。其實我直到現在還是搞不懂，你都把第四題和第五題對調了，他怎麼還是說出了第四題的答案呢？聽到題目就知道答案不對了吧，他卻像個失魂落魄的人，只顧著機械地念出答案。」
他用眼神詢問我是不是知道內幕，見我沒回答，又聳了聳肩。
「總而言之，他這是自毀前程。即使他不知道節目開始前，曾簽下後果自負的惡魔契約。你應該知道我指的是哪份契約吧？」

「知道，今天早上剛聽說，我很不高興。」

他「咳咳」清了清喉嚨，觀察著我的反應。

「至少結果是好的，你徹底爆紅，蔡度相先生則是徹底毀了。」

「……」

「你、你幹嘛用那麼可怕的眼神看我？」

我只是默默看著你而已。但既然你這麼害怕，我就不客氣地問了。

「毀掉一個人很有趣嗎？收視率雖然重要，但把一個人摧毀成這樣，會不會太過分了？」

「很過分啊，但這個節目並不是做好玩的，所以一開始在挑選節目來賓時，我們非常謹慎，畢竟不能隨便毀掉一個人。」

這句話的意思是，我是可以被毀掉的人。不過，蔡度相就令人非常意外了。他雖不討喜，又仗著有姑姑當靠山而自以為是，但也不算是犯下滔天大罪。像他這種人，在演藝圈比比皆是。

「決定好節目主題後，我們從幾個月前就開始和經紀公司接觸。大致向他們說明節目將採用對決形式，且內容走向不受外界壓力干擾，只憑錄到的畫面創造反轉，也有告知需要承擔瞬間爆紅或走向毀滅的風險。幸好這是申製作人回歸電視圈的第一部綜藝，還是有一些人感興趣，不過由於我們始終不透露會如何反轉，大家內心都有點怕怕的。雖然有些人有意願參與，但我們評估後認為不適合。站在我們的立場，就算有藝人因為經紀公司的貪念，在不知情的狀態下參與節目，那至少要是個差勁的人。坦白說，李泰民先生，你真的是非常適合的人選，我們先前反而覺得蔡度相先生不太適合，但……」

他停頓片刻，低頭看了眼手機，隨後便噗嗤一笑。

「說人人到，聽說蔡度相先生現在偕同K娛樂公司的代表和律師，來到電視臺了。好像想阻止最後一集播出。」

「像經紀人一樣陪他到處跑的鄭義哲沒去嗎？」

鄭義哲？製作人回想著名字，點了點頭。

「對，聽說他沒去。這件事是他主導的，沒被公司開除就要偷笑了吧。」

他才不會被開除吧。既然他知道韓莉燕的祕密，手上應該還握有其他把柄。

「請你繼續說吧，你本來覺得蔡度相不適合，為什麼還是讓他參與了？」

「你應該聽說過，申製作人曾經在什麼地方見過你們兩個吧？後來他接觸蔡度相先生的團隊，也和他本人見面，並進行了簡短的訪談。也是在那個時候，才明白他討厭你的原因。後來我們調查了蔡度相先生，發現他是適合上這個節目的不二人選。」

「他以前也到處討債嗎？」

製作人笑著搖頭。

「不是，他的過去沒有你那麼精彩，哈哈……咳咳，總之，今天就會播出我們認為蔡度相適合的原因了，對此他本人大概始料未及。他付錢買題目的畫面有被隱藏攝影機錄下來，而他應該只想擋掉這部分。畢竟他們團隊強烈抗議，恐怕無法完整播出，應該會剪掉蔡度相，只播出他經紀人獨自答應交易的畫面吧。算了，無所謂，反正這不是重點。」

「那什麼才是重點？」

他突然默不作聲凝視著我。

「其實在拍攝初期，我也不太清楚重點是什麼，我們都以為這個節目會依照蔡度相先生的團隊想要的方向進行。畢竟再怎麼說，你過去的行徑都無法藉由節目的包裝來美化，而我現在也還是抱持同樣的想法。不過，在拍攝過程中，我逐漸明白，人並不是只有過去，還有現在。或許你就是申製作人想要的完美典範。申製作人常說，不管是人、節目還是任何東西，都不能只看表面。不僅如此，真相也會有背後的另一面。所以即使挨罵、被誤會收了你們團隊的錢，他還是想播出最後一集。」

「所以要我心懷感激嗎？」

「可以的話當然好。你知道嗎？你已經成為申製作人的繆斯了。申製作人在最後一集用最大的熱忱和誠意剪輯了你的片段。你不僅賺到其他人要付出高額宣傳費才能營造出的好形象，還有通告費可以拿。真希望你藉著這次機會投資貧困的我們，哈哈。」

「……」

「開玩笑的。」製作人迴避目光，又小聲咕噥：「但如果你要投資的話，我們不會拒絕。」

我拒絕。幹，做這種鳥節目，我連兩百元都不想投資。

「但你的確是把蔡度相先生踩下去，才一炮而紅的。」說完這句話，他如同觀察般盯著我看。「你對蔡度相先生會有罪惡感嗎？」

我好像不自覺笑了出來。現在大家隨隨便便就會對我提起罪惡感這個詞耶。

「怎麼可能？你們很有眼光。雖然不知道你們在拍攝過程中看到了什麼，但我的確是你們一開始面試時預期的那種垃圾，所以不必為我的良心擔憂。如果你今天來這裡只是為了這件事，那我沒什麼好說的了。」

「不，我不是過來確認你是不是垃圾的，而且我也一樣沒有罪惡感。」

他莞爾一笑，那種笑容有點神似申製作人。

「我是提前過來通知你。還記得我在拍攝你個人訪談的時候，屢次問到你過去的事嗎？」

「記得，我一次也沒回答。」

「不，你回答過一次。雖然那個時候，你以為攝影機已經停止拍攝了。」

我不記得自己確切回答了什麼，以至於根本沒辦法對他發火。

「所以呢？」

「那段會播出來，除此之外，也會播出你過去的其他故事……總之，就是這樣。」

「你跟我說這些，是要我提前開始不爽嗎？」

「哈哈，會嗎？」

「……」

咳咳，他又假咳了一下，露出尷尬的笑容。

「要是申製作人知道我透露節目內容，一定會罵我一頓，但我來找你說這些，不是為了惹你不爽。我沒那麼閒，人也沒那麼好。」

「那你為什麼要來？」

「就只是，有點感謝你。」

製作人似乎準備離開了，從座位上站了起來。

「基於感激，我再告訴你一件事吧。我不清楚你的演技如何，但你真的很適合出現在螢幕上。你不是特別帥氣、不幽默、口才也不好，卻有一種能吸引人們目光的魅力。你以後應該會大紅大紫吧。」

「不管你怎麼說，我都不會投資的。」

他哈哈大笑，走到門邊。

「等你更紅了之後，來上一次我的節目吧。」

又想用隱藏攝影機整我？我懷疑現在也有隱藏攝影機在拍，仔細環顧四周以後才坐了下來，重新播放看到一半的影片。幹，時間被白白浪費了。

我其實不太想看最後一集節目，理由是沒興趣。不過，前經紀人再三叮嚀過我，即便只是傳單廣告，凡是自己參與的工作一定要仔細反覆觀看。要不是他這樣說，我現在應該正在跳繩，而不是坐在電視前面。但有人並不相信我，漢洙打了電話來確認。

『哥，節目快開始了，你趕快打開電視。你該不會又窩在沒有電視的房間做伏地挺身了吧？』

我正趁著廣告時段做伏地挺身。他是怎麼知道的？

『都邀請你一起看最後一集了，你幹嘛要孤僻？』

「為了讓你覺得我很煩。」

『哈哈，你現在也會開玩笑了耶……拜託告訴我你是在開玩笑。』

「我已經打開電視了，先掛了。」

『等一下，聽說今天的節目超精彩。K娛樂公司正在垂死掙扎，發出不利於申製作人的新聞稿，指控製作人收錢汙衊他們。申製作人被氣到決定公開一切，好像連蔡度相花錢買走答案的畫面也要照播。而且我先前說過吧？公司亂成一團了。你看見蔡度相參演的K娛樂公司的電影廣告了吧？不就是那部電影導致我們的電影無法上映，尹理事才被趕出公司的嗎？可是，現在又有一個超級勁爆的傳聞！你一定很好奇吧？』

可能是怕我掛斷電話，漢洙自行加快了語速。

「不會。」

『因為這個傳聞，之前嘲笑尹理事的人現在都嚇得瑟瑟發抖，你還是不好奇嗎？』

「我先掛了。」

果斷掛斷電話後，我索性連手機都直接關機。電視上開始出現節目名稱。雖然最後一集的標題與先前相同，看起來卻煥然一新。硬幣被拋到空中，又落回地上後，有人將硬幣翻面。「真相」兩個字出現，再次進入廣告。

真相啊。就算製作人再怎麼有影響力，寧可與大型娛樂公司和背後有權有勢的演員槓上，也堅持做自己的節目，我只能想到兩種可能性——要不是申製作人受了委屈，迫不及待讓世人知道節目與實際情況不同，就是他徹底瘋了。

當然，看起來更像後者。他一副就是個想透過辛辣內容拉抬收視率的瘋子。可能是這個緣故，我並沒有產生感激之情。聽說收視率提高，沒想到廣告也變多了。播完一連串廣告後，節目才正式開始。

節目開頭，就公布了問答對決的真相。要我付錢的橋段果然也有隱藏攝影機。當然，蔡度相團隊立刻答應申製作人提議的畫面，被一刀未剪地完整播出。揭露這段後，接緊著播出第二場拳擊對決中的蔡度相。

從他想選拳擊比賽的原因開始，到他假惺惺演戲、一不如意就銷聲匿跡，並在第一場對決打聽到我的計畫，因此更改規則的這點，全都鉅細靡遺地被揭露出來。到了這個地步，我忍不住開始懷疑蔡度相是拿走申製作人的互助會費跑路的人。

使用倒敘法呈現的節目，回溯到了製作單位第一次訪問我們的時候。在節目後半部，突然傳來「嗶哩哩」的玄關門提示音。嗯？我訝異地從柔軟的沙發上站起身。

腳底下是如同棉花般柔軟的地毯，屋主在玄關的走道上出現。神經病抬起一邊的眉毛，一副在問「你怎麼在這裡」的樣子。對，我來到他家了。可能是主人不在家，我卻自己進來打開電視的事情被發現，我努力想掩飾尷尬，木訥地問道。

「你怎麼這麼早就回來了？」

他沒有回答，看了一眼打開的電視，自顧自走到沙發邊。

「趕上了。」

難道是為了看我的節目，才提早回來的嗎？

「早上講電話的時候你不是還在美國嗎？怎麼這麼快就到了？」

「在距離比較近的美國。」

「距離比較近的美國是哪裡？」

「美國的第五十州。」

「……」

「你知道美國有幾州嗎？」

「我連其他國家的地理都要知道嗎？」

「知道的話，就可以趁這個時候嗆我了。」

我頓時有點心生嚮往。不過，意識到如果要向他賣弄知識，就必須一輩子像個考生般埋頭苦讀後，我馬上就放棄了。我偷瞄了他一眼，發現他正咧嘴看著我笑。

「笑什麼？」

「看出你在動腦了。反正你就算苦讀一輩子也沒指望。」

我一氣之下，真的有股想苦讀一輩子衝動，但看見神經病眉開眼笑的模樣，我又瞬間打消了念頭。他就是想看我生氣的樣子，才故意這麼說的。可惡的傢伙。

「你真的很討人厭。」

我認真說完，他反而真的笑出聲。幹，罵這小子根本沒用。我在心中把他狠狠臭罵一頓，一邊坐到他身旁。電視上正在播出節目預告片裡的第一次拍攝片段。

「你不問我為什麼在這裡嗎？」

沒聽見回應，於是我瞄了他一眼，他的目光卻只集中在電視上。

「你待在這裡又沒什麼特別的。」

對，沒什麼特別的，畢竟我也在這裡住過幾個月。

「不，很特別。」

反駁的話自然而然脫口而出。雖然感受到他看向我的視線，這次換我將目光固定在電視上。

「你說你聽完李泰民先生的過往，看見了自己過去的模樣對吧？你和李泰民先生沒有私人恩怨，仍在這場對決帶入個人情緒，這樣對他是否公平呢？」

製作人詢問後，蔡度相聳了聳肩。

「畢竟是對決嘛？我沒有特別傷害到他，只是專注於對決。」

「他不是直接加害於你，但如果你帶著個人情緒想贏過他，他的心情會不會很糟？」

蔡度相的表情瞬間變得冰冷，但還是笑著舉起手，作勢要中斷拍攝。

「接下來我只接受事先對過的問題，如果用這種方式抓人把柄，我要怎麼維護形象？」

畫面切換到我身上。那並不是正式受訪的橋段，只見我和製作人正站著對話。那似乎是製作人來找我進行說明的時候。被拒絕三次的製作人的聲音從電視中傳來。

「對於蔡度相先生帶著個人情緒來參與這次對決，你有什麼想法？」

「沒什麼想法。」

「是你對於自己過去傷害的人們沒什麼想法嗎？」

「不是。」

「那你會對他們感到抱歉嗎？」
「目前還不會。」
「目前還不會？意思是以後會嗎？」
「我也不知道。」
「如果還不會感到抱歉，是你不承認自己的錯誤？你認為自己沒有做錯？」
攝影機堅持特寫著我的臉，而我繼續面無表情地回答。
「不是。」
「那你現在是不是應該道歉？」
「我現在還是個豬狗不如的王八蛋，可以道歉嗎？」
製作人沉默了一下，攝影機繼續拍著我。
「可以吧？畢竟是道歉，只要夠誠懇就可以。」
聽見他那麼說，我笑了出來。
「道歉是說給受害者聽的，為什麼要考慮加害者的心情？」
製作人再次沉默。畫面又切回蔡度相身上，只聽中製作人詢問道。
「假如加害者向你道歉，你願意原諒他嗎？」
「這個嘛，如果他是真心求我原諒的話……會，我會原諒他。」蔡度相露出微笑，點點頭，「可是沒人求我原諒。」
「啊，你在等待加害者道歉嗎？」
「也沒有刻意等待，只是希望對方認錯。」
「承認自己的錯誤啊……如果你做錯事，也會立刻認錯嗎？」
「如果有做錯的話，當然要囉。」

「現在立刻嗎？」

蔡度相的表情有些僵住。

「我現在需要為什麼事道歉嗎？」

「你這輩子難免做過一、兩件需要向別人道歉的事吧？應該不會一直都是受害者吧。」

蔡度相勉力保持笑容，表情卻逐漸顯露惱色。可能是這個緣故，他忘了要向先前一樣舉手中斷拍攝。

「我沒有活得像個善良的天使，那我為自己這輩子可能做錯的所有事情道歉，這樣可以了吧？」

「不需要這輩子，追溯到國三的時候就好。」

蔡度相皺起眉頭，製作人卻繼續說。

「聽說你國三時曾經轉學，而且不是普通轉學，是在學校惹出問題才轉學的，你還記得嗎？」

問題？我忍不住前傾上半身，想仔細聆聽接下來的對話。蔡度相明顯露出不悅的表情，開口說道。

「那個問題不是我造成的。是其他同學惡作劇的時候，我剛好待在旁邊，所以冤枉地被懲處。」

「冤枉。其他同學把受害者的制服脫下來燒掉，讓他裸體被霸凌好幾個小時，你卻從頭到尾都在旁邊看著，不就是共犯嗎？」

蔡度相突然站起身，消失在鏡頭中。鏡頭外傳來他激動的聲音。

「幹，這到底是怎樣！」

我才想問吧。
「幹，那傢伙到底是怎樣？」
到處宣揚自己是受害者，結果自己也霸凌過別人？
「為什麼特別？」
神經病突然在一旁發問。不過，現在那不是重點。
「那小子自己霸凌過別人，還不當一回事？」
「我在問你來到這裡為什麼特別。」
「怎麼有那種傢伙啊？」
我無言地瞪著電視，一旁的人卻堅持不懈地繼續發問。
「有什麼特別的？」
「蔡度相自己那樣做，還到處放話說我是爛人？」
「因為我很特別嗎？」
「啊，真是的！對，因為你很特別，所以這裡也很特別。現在不管待在哪裡都一樣，只要有你在身邊就好。這樣可以了嗎！」
我對著一直在旁邊轉移話題的小子一陣大吼，再次認真盯著電視螢幕。旁邊那小子又安靜下來了。在節目即將播完時，我似乎徹底忘記了他的問題。如果只看節目，蔡度相簡直是地球上最差勁的傢伙。雖然節目如實呈現了我個性難搞的一面，可能有些討人厭，但這些都被蔡度相的惡行掩蓋，所以不太明顯。
「中製作人是不是時日不多了？」
否則不可能憑著不顧後果的意志做節目吧。
「他前陣子才做過健康檢查，很健康。」

「那他為什麼要揭露一切，像個準備從容赴死的人？申製作人以後還有辦法繼續做節⋯⋯」

做節目嗎？口中的疑惑在看見尹傑伊的臉後，突然說不下去了。

「他會繼續做下去，應該已經接到一堆案子了。當然，K娛樂公司會因為這件事抵制申製作人的節目，但天底下有那麼多藝人，你不用替申製作人擔心。」

我不擔心。就算本來有一點擔心，現在也煙消雲散了。申製作人呈現出的驚人反轉故事被推到一旁，我的目光根本無法從尹傑伊的臉上移開。他正在笑。不是平時習慣露出的傲慢笑容，也不是真的開心時展露的溫暖微笑。和那些都不同。此刻他正笑得合不攏嘴，就像英九一樣。

「你也不用擔心蔡度相。」

我不擔心。幹，我比較擔心笑成這樣的你。

「到底是為什麼？」

他看著我，無法合上的嘴也朝向我。

「他大概再過兩年就會上節目哭訴自己是受害者了。等一段時間過去，大家就會忘記這件事，到時候他再出來訴說委屈，觀眾也會買單。因為有話題性可以提高收視率，節目也樂於選用這個題材。」

「不，我不是問這個⋯⋯」

「反正最近的節目不在意觀眾的看法，觀眾的意見都是電視臺形塑出來的。常曝光就會有人氣，只要繼續強調他有人氣，即使本來沒人氣，也能營造出假象。要是蔡度相做好撒錢的準備，下次就能扳回一城了。當然，這也要看他在兩年後還有沒有錢和靠山。」

說完，他又笑了一下，笑到露出牙齒，眼睛也跟著彎了起來。我沒辦法問他為什麼要笑得像孟九[16]一樣。老實說，我有點害怕了。他說去了美國一趟，該不會是在美國領海處理掉所有對手了吧？不對，他應該沒有殺人，畢竟他母親的遺言要他別殺人。那他是借刀殺人嗎？我馬上想起了一個人。

「鄭義哲在哪裡？」

神經病的笑容消失了。不對，是恢復成原本陰險的笑容。

「你幹嘛問這個？」

「你知道他在哪裡嗎？」

他沒有回答，而是指著電視。

「你不要轉移話題……」

我火發到一半，倏然看見了自己認識的人，忍不住呆愣在原地。那是拍攝電視劇時協助我們動作指導的特技組組長。字幕列出了製作人的問題。

「聽說李泰民先生在劇組的綽號是出家人？」

特技組組長點點頭。

「對，因為他真的很像出家人，只會埋頭練習，不和別人閒聊、也不看手機，成天盯著劇本。他從來不提自己的私事，跟他分享有趣的事情，他也沒什麼反應。不喝酒、不抽菸，也沒什麼想吃的東西，幾乎沒有任何娛樂消遣。很無趣吧？但我感覺他真的過得很好，是個相當有魅力的人。」

什麼？哪時候進行過那種訪談了？

16 孟九是繼英九之後，因其滑稽又呆笨的形象在韓國喜劇節目爆紅的角色，在一九九〇年代大受歡迎，臺詞甚至成為當時的流行語。

「到現在還不清醒。」

聽見神經病的咕噥，我正準備轉過頭，但卻失敗了。接著登場的人牢牢抓住了我的目光——是我的前經紀人。他以尷尬姿勢站著，尷尬地面對著攝影機。

「對，我就是發掘李泰民先生的經紀人。哈哈，不是我在炫耀，但我真的有發掘璞玉的眼光。被我發掘的藝人有飾演《末子的愛》的演員車世承、近期因為維他命廣告的轉手舞而受到矚目的演員李娜娜……」

「請你說說李泰民先生的事吧。你知道他在劇組的綽號是出家人嗎？」

製作人打斷了前經紀人的話。前經紀人惋惜地收起用來自誇的小抄。

「知道，這個綽號很適合他。」

「他真的過得像個出家人嗎？」

「怎麼可能？他過著普通人的生活。因為是演員，必須練習演戲，沒工作的話就放假休息。但他對自己很苛刻。」

「你指的是不菸不酒嗎？」

「不只如此，他幾乎不會花錢在自己身上。吃東西只是為了補充熱量，我沒看過他有任何想吃的東西。他不買衣服、不買任何電子產品，也沒有玩遊戲或其他興趣。」

「那他賺到的錢都拿來做什麼？」

「丟掉。」

「什麼？」

「他只拿一點基本的生活費，其他錢一概不收。還跟我說他不需要那些錢，叫我拿去給別人。」

「那你怎麼處置那些錢的？」

「我一開始打算幫他存起來，之後再給他，卻發現他真的不打算拿。只有一次是他請我拿去幫助某個人，其他時候都是我自己拿去捐給各個地方。我還留著明細，可以給你們看看。」

「你認為李泰民先生為什麼會這樣？」

前經紀人若有所思地放低目光。我想關掉電視了，雖然遙控器就握在手中，另一隻手卻壓住我，不讓我按下按鈕。

「快播完了。」

「應該有他個人的原因吧，我認為這不是我該干涉的事。」

前經紀人說出了意想不到的回答。原以為他會大肆渲染我的故事，害我對他有點愧疚。這時，製作人詢問道。

「和他的過去有關嗎？譬如說贖罪心態？」

「我不清楚，不管過去怎樣，他現在過得很好，不是就足夠了嗎？」

畫面切換到進行第二次對決的拳擊場。第三個受訪者是拳擊館的館長。讓我兼職擔任陪練員好幾年、木訥又說話不客氣的大叔，以不悅的目光瞪著攝影機。

「請問你和李泰民先生是什麼關係？」

「沒什麼關係。」

「聽說李泰民先生在這裡兼職，當了好幾年的陪練員。他的實力是不是媲美專業選手？」

「不知道，但我確定他有辦法把你揍到半死不活。」

「咳咳，我聽說李泰民先生過去在貸款公司工作，是個不良少年。他突然金盆洗手、到處打工的原因是什麼呢？」

「不知道。」

「你覺得李泰民先生會為過去感到後悔嗎?」

「喂。」

「什麼?」

「我不知道你們為什麼要拿著攝影機刺探別人的過去,但你就別管他了吧。不管他感到後悔還是驕傲,都不關你們的事。要拍就拍現在的他,他現在不是過得很好嗎?」

三個人都說出了同樣的話。沒有互相套好,卻給了我一樣的評價,說我現在過得很好。電視開始播放嘈雜的廣告,但我並沒有看到。神經病在一直低著頭的我身邊,陪了我很長一段時間。

電影之所以和現實不同,是電影有結局,而現實沒有。生活中的惡棍即使最終被打倒,除非離開人世,否則仍需在失敗後繼續生活。就如同我改過遷善,過上了另一種人生,惡棍也將繼續自己的故事。

不過,現在我們的敵人卻迎來了只適合在電影裡出現的結局。隔天我一如往常前往辦公室,準備度過沒有行程的一天,卻發現辦公室的景象和平時不同。比我早到的社長和店經理,正接電話接到手軟。

「你說是哪裡?喔,那間女性雜誌公司,我知道,我在美容院看過,有四分之三的頁面都是廣告的那本雜誌嘛?嗯?你說沒有那麼多?因為我花了十二萬護髮,過程中無聊到認真數過呢。」

社長正在挑釁某間雜誌社。

「李泰民先生接下來的行程尚未確定。好的,後天兩點在林蔭道受訪。呵呵,林蔭道很棒啊。喔，要在那裡會合嗎？呵呵呵，也不錯。居然要訪問我這個素人，雖然是娛樂版新聞，我還是非常感動。什麼？是要訪問李泰民先生，不是我嗎？我不清楚耶。要我轉告李泰民先生？呵呵，我是造型師耶，為什麼要？」

店經理正在和報社展開拉鋸戰。兩人不斷接起電話又掛斷，電話依舊響個不停，所幸他們都一副樂在其中的樣子。我懶洋洋地坐在沙發上，看著他們講電話的身影，過一陣子才站起來，卻發現我的電話也響了。知道我電話的人不多，我以為又是漢洙，結果卻是個沒看過的號碼。是誰？

「接吧。」

一旁傳來讓我接電話的聲音。我抬頭瞄了神經病一眼。和我一起來上班的他，難得悠閒地跟在我身旁，盡到現場經紀人的職責。

「你知道是誰打來的，才要我接嗎？」

「嗯。」

居然知道？我訝異地接起電話。

「喂？」

對方一語不發。我又說了一次「喂」，才有個陌生男人開口問道。

『請問是李泰民先生嗎？』

「對。」

『有人想見你一面。』

「是誰？」

『M電視臺想邀請你擔綱明年年初播出的長篇電視劇主角。這樣可以嗎？』

「可以什麼？」

對方似乎有些不知所措，陷入了一陣沉默。

『你過來這裡再聊吧，帶著你身邊的尹傑伊先生一起。』

「所以是要跟誰聊？請問您是哪位？」

「說我們會去。」

神經病在一旁插嘴。什麼？我轉頭看他，他卻笑著繼續說道。

「但要加上條件。」

「什麼條件？」

『什麼？』

「我剛才在和別人說話。我們會去，但有個條件。」

『什麼條件？』

是什麼條件？我轉頭望向神經病。

「把電影發行公司的所有股份交出來。」

什麼意思？幹嘛突然提到電影發行公司……那瞬間，我想起了某個人。持有大量電影發行公司股份的某位理事。

『請說出條件吧。』

「請韓莉燕女士交出電影發行公司的所有股份。」

對方啞口無言，神經病似乎覺得很有趣，在一旁露出得意的笑容。真無言。

『這個玩笑太過火了，韓理事正在安排豐厚的補償，希望你認真看待。』

「補償不是提供給受害者的嗎？你們對我造成什麼傷害了嗎？」

對方又啞口無言了。我再次看向神經病。要怎麼做？反正我只是他們和神經病見面的手段罷了。

「叫鄭義哲和蔡度相一起過來，一次見面比較省事。」

這倒是不錯。我向對方轉述完條件，便掛斷了電話。神經病自從昨天露出傻笑之後，心情就好得不得了，時不時就會展露笑顏。

「有趣嗎？」

「真正有趣的事，現在才要開始。」

他說要讓我看好戲，帶我前往了韓莉燕所在的飯店。在抵達目的地之前，我終於問出了早在一星期前就該問的問題——為什麼直播結束後，沒有直接去見韓莉燕？

「我不是很忙嗎？」

「真的是因為這樣？不是你故意避而不見，要讓他們乾著急嗎？」

「不是，但我的確有留給他們一點時間去找應對方法。」

真不像他會說的話。居然為了對方這麼做？我不敢置信地盯著他，他才繼續說道。

「那樣等他們發現窮盡一切手段也無法解套後，才會更加絕望。」

我就知道。

「就算你戳破韓莉燕的祕密，只要對方否認不就好了？」

「我之前說過吧？韓莉燕前夫的兒子在尋找醫生，但韓莉燕一直不讓醫生出面作證，還直接把醫生藏了起來。你猜這是為什麼？」

他說的似乎是韓莉燕和前夫一同生活時，替送醫的前夫治療的那名醫生。但把人藏起來？

「原來那個醫生是知情人。」

「他是能夠推翻判決的完美證人。」

「推翻不是謀殺的判決嗎？」

「如果韓莉燕制止丈夫吃藥，並不是為了對方的健康著想，只是自己的變態性癖所致，判決結果就可能改變。」

「變態……性癖？所以喝尿也是因為做愛的關係？」

「據說那樣她才能感受到高潮，她最喜歡躺在兩腿之間，接住剛尿出來的那一泡。」光是聽到就讓人一陣作嘔。

「紙條會成為確切的證據，即使韓莉燕再次勝訴，也得做好損失慘重的覺悟。」

「但你不是說她已經把醫生藏起來了嗎？」

「藏在夏威夷。」[17]

夏威夷？等等，那裡就是距離比較近的美國吧？我還來不及確認，在飯店裡等待我們的韓莉燕團隊已經走近，是前幾天守在社長家門口的那些男人。在他們的指引下，我們走進和神經病家一樣大的頂樓高級套房。

裡面有幾個身穿西裝的男人站崗，可能是怕我和神經病拿刀砍韓莉燕，他們都用警戒的眼神盯著我們。要是平時也帶這麼多保鏢在身邊，韓莉燕這個人要不是超級膽小，就是樹敵無數。

「我找不到我姪子，反正這個場合也不需要他，沒關係吧？」

優雅坐著的韓莉燕笑著問道。不過，這個樹敵無數的女人，眼神陰沉又狠毒。尹傑伊信誓旦旦地說有趣，居然是真的耶。我已經開始覺得有趣了。

「鄭義哲先生也銷聲匿跡了嗎？」

聽我這麼一問，韓莉燕立刻轉頭對我露出微笑。她的眼神真不是蓋的，膽小的人應

17　夏威夷（Hawaii）在一九五九年八月二十一日成為美國第五十州。

該會被嚇到漏尿。啊，這樣韓莉燕會喜歡嗎？

「你想念他嗎？」

「對，好奇他的嘴臉。」

我坐在韓莉燕對面，直視著她的眼睛。

「不過，能見到韓理事，我就心滿意足了。」

「真是心急。你還不知道我今天要說什麼，就開始放肆？」

「如果不趁現在，我們什麼時候還會見面？」

她默默凝視著我，然後噗嗤一笑。

「也對，你一定樂瘋了。大家都為你在電視上包裝出的形象拍手叫好，你被捧上天，應該正覺得頭暈目眩吧。不過你要小心，要是今天說錯任何一句話，過陣子你又會跌落谷底，摔到腦袋開花。」

「妳會比我早跌落谷底吧？」

我看著神經病詢問「不是嗎」，韓莉燕也看向神經病。

「是你說的嗎？說我會跌落谷底？」

「請把鄭義哲叫來。」

「他已經跟這件事沒有關係了。」

「請把他叫來。既然來了，我想順便一起搞定。」

韓莉燕瞪了神經病一眼，才拿起飯店桌上的電話，簡短說了句「上來」便掛斷。幾分鐘後，鄭義哲走進飯店房間。雖然他是讓蔡度相參與對決節目的罪魁禍首，韓莉燕似乎還是將他留在身邊。或許是他為韓莉燕打理許多事情，得知了太多不能曝光的祕密。

我原以為蔡度相這件事會讓他被狠狠修理一頓，但他的臉色非常好，反倒和我們一樣，一臉有趣地看著眼前的情況，只有韓莉燕一個人神經質地左顧右盼。

「既然你們那麼想念的鄭室長已經到了，現在進入正題吧。」

我和鄭義哲四目相對，他看著我笑了笑。這次我倒是沒有感到不悅，畢竟已經認清他根本不值得動怒，只是覺得有點好笑。我噗嗤一聲，再次將注意力擺回韓莉燕身上。

「明年年初要在M電視臺播出的時代劇，我會讓李泰民飾演主角。接下來的幾年，李泰民都能飾演公共電視的連續劇，如果有喜歡的導演，我也可以安插你去演那些導演新作品的主角。」

她應該協商的對象是神經病，拿出的條件卻與我有關。這理應是非常誘人的提議，我卻只覺得無感。韓莉燕的目光也看向神經病。

「夢想籌備的電影還沒剪完吧？在一堆傳聞說你們電影很糟的情況下強行上映，只會損失慘重。即使其他電影發行公司礙於合約被迫配合，大概也撐不過一週。倒不如過一段時間再選個好日子重新上映。我可以把明年連假的檔期和最多的電影院讓給你，這樣應該能讓你風風光光地當回理事。還有，以後安排電影檔期的時候，我可以動用關係讓你能在想要的日期上映。如果你還想要其他的，儘管開口。」

神經病沒有任何回應。韓莉燕可能覺得要被拒絕，於是便加重語氣。

「你要想清楚，我可以幫忙你未來的事業，但這是建立在你我合作的前提下。只要你答應我不會亂說話，就可以獲得非常豐厚的報酬。你是生意人，應該能輕鬆計算出怎麼做比較划算吧？」

她在等待回應。神經病索性雙手交叉在胸前，倚著沙發而坐，沒有其他表示。韓莉燕終於捨棄笑容，表情變得冷漠。真不愧是演員，瞬間就扭轉了氣氛。

「別太貪心了。你好像看到我主動提議，就盛氣凌人地認為自己居於上風。如果你錯過這次機會，就什麼都得不到了。我會無所不用其極，讓你跌落谷底。當然，不只是你，還有你疼愛的、那個被捧上天的小子。」

神經病這次也沒有回答，而是轉頭看向我。

「看夠了嗎？」

「嗯。」

我回答後，神經病點了點頭，拿起手機撥電話給某人。

「我是尹傑伊。要作證的證人今天早上已經從夏威夷回到本土了，請聯繫我先前提供給你的號碼。」

韓莉燕睜大眼睛。

「你打電話給誰？」

「對，是韓莉燕女士的聲音，我們待在一起。無妨。」

韓莉燕猛然站起，高聲吶喊。

「給我掛斷！要是你們以為聯手帶走證人，就可以贏得判決……」

「證人現在應該已經見到妳前夫的兒子了。」

韓莉燕閉上嘴巴。她眉頭輕皺，露出驚訝的表情。她似乎以為神經病正在和前夫的兒子通話，但通話對象反而提起了前夫的兒子。

「你在和誰講電話……」

「確認完畢後，就刊出報導吧，李記者。」

神經病掛斷電話，韓莉燕卻不敢開口。她好像受到不小的打擊。片刻過後，她慌亂地對著周遭的人大喊。

「聯絡各個媒體！找出是哪一間要刊出我的報導，立刻壓下來！」

兩個身穿西裝的男人立刻掏出手機，跑進隔壁房間。韓莉燕瞪著神經病，一臉要把他生吞活剝的樣子。

一旁的鄭義哲笑著幫腔。

「我不是說過了嗎？那傢伙絕對不會和妳談條件。妳一聽到尹傑伊到夏威夷帶走醫生，就急急忙忙跳出來，真是太失策了。哪怕要捨棄一切，也應該和他奮戰到最後。」

「你也不想想這是誰造成的，還敢說這種風涼話？」

「還會是誰造成的？當然是韓理事的蠢姪子啊。」

鄭義哲笑著反擊。韓莉燕狠狠瞪了鄭義哲一眼，如同要將他千刀萬剮似的，但她可能認為除掉神經病是更優先的事項，再次出言詛咒。

「我會讓你後悔一輩子。你以為我是怎麼爬到這個位置的？我踐踏過一堆自以為事的傢伙，你以為自己會不一樣嗎？就算你再怎麼有錢，也擋不住我的勢力。你，準備和你的肉便器一起流著心酸血淚，跪在我面前求饒吧。」

口條真好，充滿狠勁的眼神也很棒，微微顫抖的手突顯了她的憤怒。不過，聲音略顯顫抖。既然是支持惡棍、踐踏一切的反派角色，不應該出現這種動搖，因為立刻就會露餡——她害怕了。鄭義哲似乎也察覺到這點，於是說出了另一項提議。

「如果K娛樂公司的電影延後上映，把檔期讓給夢想呢？」

韓莉燕驚訝地回過頭，鄭義哲卻伸手制止她，繼續說了下去。

「反正你需要的不是錢，而是功成名就吧？你希望不靠金錢與背景，而是憑自己的能力受人景仰和尊敬，不是嗎？夢想小得根本容不下你，但你還是要回到那裡重新開始，因為在跌倒的地方重新站起來才有意義。現在讓夢想的電影奇蹟般回歸，正是你能壓制公司裡那些看你不順眼的人的唯一機會。」

神經病看著他，再次撥出電話給某人。

「現在聯絡電影發行公司，把上映日期提前一天。對，週四傍晚，就是K娛樂公司電影上映日的前一天沒錯。」

他掛斷對話後，露出「可以了吧」的表情，直盯著鄭義哲看。鄭義哲傻眼地冷笑。

「我搞不懂耶，你要和我們競爭到最後？如同韓理事所說，你們的電影連一週都撐不過。傳聞說上半年最受期待的外國電影會在一個月內上映，我們也考慮過延後檔期。但你居然自討苦吃，真不像你會……」他說到一半便停了下來，恍然大悟般低聲詢問：「你剛才說的，不是夢想的電影嗎？」

「我只說我們這部電影拍得很不錯，又沒說是夢想的電影，是你自己搞錯了——搞錯我投資的美國電影。」

韓莉燕和我一頭霧水地輪番掃視兩人，心急如焚的韓莉燕搶先發問。

「到底是什麼意思？什麼電影？」

然而，鄭義哲只是緊閉雙唇，一語不發。神經病再次問我。

「還要繼續看嗎？」

「不用，已經夠了。」

我一站起身，韓莉燕立刻走到我面前。

「你從剛才就在看什麼？」

「看韓莉燕女士和鄭義哲先生支離破碎的樣子。既然已經看完好戲，我們就先告辭了。」

韓莉燕咬牙切齒，整張臉都憤怒地顫抖。

「是你搞錯了，你帶走的醫生絕對不可能對記者開口。我無法預測判決結果，但醫生說的話一句都不會登上媒體，而我也會贏得官司。記者馬上就會發布我的報導？哈！叫他們去發啊。反正我會趁這次機會，把記者和你一起送進監獄。」

「妳好像搞錯了，妳為什麼覺得我會帶走醫生呢？」

「是你自己剛才親口對記者說的，你不記得了嗎？」

「我沒說過是醫生啊。」

不就是為了醫生，才專程前往夏威夷的嗎？

「又不是只有醫生能當證人，我哪會找一個開不了口的醫生？」

「其他證人？你不是去了夏威夷一趟？」

「夏威夷有個比醫生還關鍵的證人。」

「所以是……」

「崔丹尼爾。」

韓莉燕不說話了。

「妳可能不認得他的英文名字，但他本人對於幾年沒用的韓國名字感到彆扭，而且他當年也是以藝名活動。不過，至少他曾經是主角等級的演員，所以如果崔泰日先生要受訪聊聊舊情人韓莉燕，應該會備受矚目吧。」

「……」

韓莉燕一動也不動，似乎連呼吸也全數消失，整個人徹底當機。神經病沒有笑，只是直勾勾盯著她的眼睛。

「希望妳能打贏官司。哪怕要為此賭上妳的財產、權力、人脈，甚至是一切，也請妳一定要贏。希望妳在自己的高尚性癖因官司而公諸於世之後，即使所有認得妳長相和名字的人都嫌妳噁心，還是能坦然接受並挺過風波。就算沒辦法再上電視，還羞恥到不敢踏出家門，也千萬要挺過去。當然，也希望妳能遵守要踐踏我、讓我跪在妳面前流著心酸血淚求饒的承諾。」

「不准……胡說……八道。」

「胡說八道？我是認真的，妳可是我的貴人。像妳這種能讓我恣意揮刀亂砍的敵人不常有，希望——」

神經病斜著頭。

「妳別跑去自殺，掃我的興。」

神經病拋下愣在原地的她，拉著我的手臂走出飯店房間。我愣了好一陣子，直到跟著他在電梯前停下腳步，才開口問道。

「韓莉燕不會自殺吧。」

「我知道。」

「那你為什麼還那樣講？」

「因為我知道她不會自殺，但內心還是抱有一絲期待。」

期待什麼？聽見我的詢問，他長按取消了原先按好的電梯按鈕。電梯本來正要升上來，又停住了。幹嘛按掉啊？當我正覺得奇怪，就聽見了他的解釋。

「因為我說出了韓莉燕原本在面臨一切崩潰的最糟情況時，絕對不會想到的一個詞，這樣她以後就會想到——要是自殺了，至少尹傑伊會掃興。」

我只是靜靜凝視他，或許我的表情和韓莉燕一樣。神經病漫不經心地看了我一眼，又轉頭面向我們走來的方向。鄭義哲正朝我們走近。

「你是故意回應我的吧？故意接受我的挑釁，再故意應對，不是嗎？」他笑著繼續說道：「你一開始就知道電影拚不贏K娛樂公司，便打算毀掉我們的電影？只不過，若知道要和你投資的國外電影同期上映，K娛樂公司絕對不會選擇硬碰硬，所以你讓我誤以為夢想拚了命和我們相爭。你知道嗎？你們社長私下到處放話，說要和K娛樂公司力拚到底。現在看來，根本是串通好的吧？你先引開我和韓理事的注意，再趁機從背後捅我們一刀。我真的很好奇，要是我沒有追著你和李泰民先生到處跑，你會怎麼做？要是蔡度相沒有執著於李泰民先生，除了對決節目外，你還有其他備案嗎？你從什麼時候開始把我們玩弄於股掌之間？甚至不惜把愛人當成棋子。」

他看著我，笑得更大聲了。

「我說的話讓你很不爽嗎？」

「你就是因為這樣才會失敗。」

聽見我的此番言論，他訝異地歪了歪頭。

「什麼意思？」

「因為你又在討論尹傑伊會怎麼做了。尹傑伊把誰當成棋子，關你什麼事？如果好奇自己為什麼會輸，就去回顧你做錯的事。你就是敗在只會關注別人。」我對著神經病指了指鄭義哲，「他好像對你非常好奇，你有出過什麼謎題給他嗎？」

「他的確可能覺得是謎題。」

他看向我的眼神莫名溫暖，跟當下的情境真不搭。不過，一轉頭看向鄭義哲，那溫度又驟然變得冰冷。

「聽說你很好奇我休學的原因？你就老實說吧，你好奇的明明是另一件事。」

「另一件事？哈，我好奇什麼了？」

「財富與外表兼具，屬於典型上流階層的 Psychopath 在失去一切的時候，是否依然如故？要是出現一個微小的弱點，會不會演變成比一般人更大的缺陷，導致判斷力下降、犯下失誤呢？前者要非常幸運才能看見，但後者是可以營造出來的情境，所以你想實驗看看，不是嗎？」

「這些話你是在什麼時候聽誰說的？」

這段話到底有什麼特別的？我不懂鄭義哲的表情為何僵住，眼神也開始閃爍。

「聽你本人說的，在你說那番話的時候。」

神經病看著鄭義哲，露齒一笑。

「我說過了，你是我的恩人。告訴你一件事吧？要足夠幸運才有機會看到的實驗，我替你做過了。」

◆◆◆

每個團體裡都有特別出眾的人。在人群聚集的地方，總會有名次高低之分，且一山還有一山高，即使在最頂尖的一群人中，也會有第一名產生。鄭義哲在號稱英才匯聚的大學，意識到自己終究不是最頂尖的那部分。

但鄭義哲還是表現得不錯，在身材與背景都與眾不同的一群白人中努力堅持著。身為一個東方人，他認為能透過讀書擠進前段班就算不錯了。與此同時，也正因自己是東方人，他在心中默默畫下了無法逾越的界線。

這就導致鄭義哲看見他的時候大受震撼。身材高大、家境富裕，又憑藉著充滿自信的眼神輾壓全場。人們並沒有把他當成東方人看待。怎麼可能有那種怪物？鄭義哲認定那小子的完美外表全是假象，他實際上一定存在著別人無法察覺的缺點。鄭義哲一邊在心裡這麼想著，一邊刻意忽視他。

如果太過在意，就好像承認了自己的可悲。然而，兩年後，鄭義哲碰巧和他選了同一堂課，才發現自己深埋心中的結論居然是錯的。他無懈可擊、非常完美，宛如被自信與卓絕能力層層包裹的堅實鋼鐵。他沒有缺點。

雖然父母離異，他依舊是富裕望族的子弟，在成長過程中過得相當滋潤，盡享榮華富貴。鄭義哲拚盡一輩子才能賺到的錢，他打從出生起就坐享其成。

能力強大的他，一定總是遙遙領先吧。不僅是競爭力，他在各個層面都能居高臨下，他的前途註定一片光明。鄭義哲看著他，不明白自己為何莫名感到挫敗。

幸好鄭義哲能控制自己，也知道這只是無謂的想法。只不過，嫉妒的情緒偶爾湧現時，鄭義哲會試著想像——要是自己也出生在有錢人家會怎麼樣？要是對方有了一個微小弱點，會不會因此像水壩潰堤般崩潰呢？

鄭義哲在腦中進行過各種推演，但他擁有的資訊不足，也沒有蠢到會一直浪費無謂的時間。再次對他提起興趣，是為了進行論文調查而前往某間醫院的時候。

鄭義哲認識一個在全球頂尖的癌症專門醫院上班的護理師，那人陪他在醫院四處打轉，還說明了論文需要的內容。後來，鄭義哲在二樓大廳看見了完美的他。儘管不知道他為何來到醫院，但他似乎等待某個人許久，正獨自坐在休息區的沙發上讀書。

那其實不足為奇，畢竟考試將近，大部分學生週末也幾乎是泡在圖書館。鄭義哲本想和他打聲招呼，又猜對方應該不認得自己，打算默默離開。不過，鄭義哲注意到他的神情——凝視著半空中、一動也不動的他，看起來相當無聊。

在醫院發呆？鄭義哲端詳了他一段時間。直到醫生走過去和他說話，鄭義哲才明白自己為何在意他的表情。不曉得醫生說了些什麼，但他的表情幾乎沒有任何變化，始終一臉無聊的樣子，彷彿這裡發生的一切與自己無關。

在鄭義哲眼中，他就像一個沒有情感的工具，既沒有弱點，也不會輸給任何人，但也就僅此而已。他只是一把利刃，不是人類。鄭義哲不明白自己為何會產生這種感覺。

不過，可以確定的是，自己已經發現了他的真實面貌。看著他，鄭義哲不自覺露出苦笑，忽然莫名感到安心。那天，鄭義哲一整天都心情愉悅，甚至連帶他參觀醫院的人都問他是不是遇到了什麼好事。幾天後，鄭義哲和一群韓國學生在圖書館前討論，偶然聊到了他。一個女同學率先說道。

「你們聽說了嗎？尹傑伊的媽媽生病了。」

「他媽媽？那不是他唯一的家人嗎？」

另一名同學詢問後，了解尹傑伊情況的某人點點頭。

「對，是他唯一的家人沒錯。聽說他不和生父那邊的人往來，全家福也只和母親一起拍。但妳說他母親生病了？情況很嚴重嗎？」

「嗯，好像生了重病，還要動手術。他真是太可憐了。」

女同學們紛紛表示憂心與惋惜。鄭義哲忍不住噴笑。同學們紛紛指責他「你幹嘛這樣」，他卻如同自我防禦般，犀利地說道。

「哪裡可憐了？就算這樣，他的家世還是比我們好，也比我們有錢聰明，可憐的是我們吧。而且他本人又沒怎樣，周遭的人替他覺得可憐也很搞笑吧。」

「怎麼可能沒怎樣？唯一的家人生了重病耶！」

「應該沒怎樣吧，畢竟他是 Psychopath 啊。」

同學們閉上嘴巴，互使了個眼色。你們這些人啊……鄭義哲笑著反問。

「你們也是這樣想的吧？」

「嗯，有時候會這樣覺得……但他人緣很好，也會參加志工活動。」

「對外的形象是如此吧。可他同時也非常無情，認為不必要的事就會快刀斬亂麻直接捨棄，他不就是以此出名的嗎？即使不是Psychopath，也能確定他的共感能力低落。而且他擁有與生俱來的財富和名譽，在成長過程中只需考慮自己，不用顧慮別人，所以他是環境造就的Psychopath。」

女同學們半信半疑，男同學卻展現了興趣。

「好像很有道理耶，環境造就的Psychopath。但他媽媽生病，這次應該會難過吧？」

「不知道。既然他不用擔心醫藥費，現代的醫療水準也高，應該會把能試的方法都試過一遍，用不著擔心吧。只要不去煩他，不管他媽是生病還是過世，他應該都無所謂。」

「這樣說太過分了。」

女學生們說完後，鄭義哲笑著抬起手。

「或許是我想多了，但如果他真的是環境造就的Psychopath，那也不無可能吧。我也很好奇他往後的人生，在他失去一切的時候，是否會依然如故？要是他連一毛錢都沒有，付不出母親的醫藥費，說不定會因此感到迫切，體驗到人類的情感。又或者，假如他有個微小的弱點，應對能力是不是會比社會底層的人還差？前者要非常幸運才能看見，但後者是可以營造出來的情境，所以我真的很想實驗看看。」

同學們紛紛指責他，說著「你好像Psychopath」、「是同性相斥嗎」等等。而鄭義哲只是笑著點頭。嗯，可能有一點吧。

耳熟能詳的韓語對話在笑聲中結束了。不小心聽到這段交談的他，也在柱子後面笑了。真神奇，對方怎麼那麼清楚？知道他在得知母親生病時，並沒有任何感覺。即使聽到手術成功率不高，活下來也撐不過半年，也只覺得「這樣啊」。

和同學說的一樣，只要不煩到自己，無論母親是活到今天還是幾年後都無所謂。他不曾感到悲傷，現在也是一樣。即使母親過世，他應該也不會流下眼淚。不過，在醫院見到住院的母親時，他第一次在意起這件事。

母親似乎知道他的狀態，憔悴的面容上隱隱流露出悲傷。他知道，母親對他懷有罪惡感，認為是自己把年幼的他留在宛如監獄的爺爺家中，導致他那一整年都不說話、什麼都不做。她認為兒子因此失去情感，被自己毀了。

或許是這個緣故，他在成長過程中養過寵物，也會定期到流浪動物之家擔任志工。母親希望他藉由照護生命培養出愛心，而每個週末他都必須看電影，討論主角的感情。當然，也接受過心理諮詢。

他認為一切都是徒勞，卻還是願意滿足給予自己金援的人的心願，把她希望他做的事視為一種義務。但也僅此而已。以結果而言，並沒有任何效果。這一點，母親也心知肚明。

在病房裡看到他時，母親眼底流露的悲傷，比起擔憂自己的死亡，更多是擔心兒子的狀態。她希望兒子可以和別人交流情感、分享愛。儘管她從未說出口，但可能還擔心他會成為連續殺人犯。看著母親時日無多，卻擔心兒子多過自己，他第一次對她感到愧疚。

至少他希望自己會因母親的逝世而悲傷。如果他真的像同學所說的那樣，置身一無所有的迫切境地，是否會產生母親希望他擁有的情感？還是說，他會找到自己的本性，成為連續殺人犯？他決定做個實驗。不久後，他來到了沙漠中央的巨大建築工地，而工地的人都叫他「小鬼頭」。

自從去過工頭的辦公室後，小鬼頭就換了一個地方住。才不過一個月，他就從窒悶的烤箱搬到了另一個生鏽的貨櫃。但與密密麻麻擺滿三層床架的垃圾場不同，這裡只有四張床，還有一臺電風扇和電視。

如果是第一次來到這裡的人，仍會認為這是個散發惡臭、悶熱又令人窒息的環境，但對於來自彷彿熱帶雨林的宿舍的他來說，這裡已經和飯店沒兩樣了。而且只需要和一個人共用。小鬼頭走進貨櫃，隨便挑了張空床躺下。

環境只是稍微改善，卻令人舒適又開心。在工地中，人的地位也隨著棲息的貨櫃而有所不同。明明都是社會底層，身上灰塵少的人就是比較優越。世上每個地方都一樣。

「別……」

微弱的聲音從闔上眼的小鬼頭耳邊傳來。他睜開眼睛看向聲音傳來的方向，喃喃自語的人正背對他躺在床上。小鬼頭再次闔上眼睛。熄燈幾小時後，幾個人悄悄潛入。他們手持鐵棍，圍在小鬼頭床邊。把他們帶來這裡的老么，雙手高舉至頭頂。咻——在黑暗中，鐵棍悍然揮下。

鏘！

那不是他們期待聽到的聲音。鐵棍砸在床架上，發出尖銳的金屬敲擊聲。

「幹，這傢伙沒睡……揍他！」

連風聲都被隱匿的悶熱夜晚，在幾個人衝出貨櫃後，忽然變得和白天一樣喧鬧。不過，半夜的騷動並沒有持續太久，沒過多久，小鬼頭就再次回到貨櫃。

他若無其事地躺回凌亂的床上。抬起頭才發現，警告自己「別睡著」的人並不在原位。他一下就發現對方躲在床底下睡著了。小鬼頭凝視著吸管，過了好一陣子才再次進入夢鄉。

半夜有臺黑色廂型車駛入工地。沒有窗戶的載貨用廂型車停下後，一旁等待的人們立刻聚集到車邊。車子後門打開，坐在車上的退伍軍人和另外兩人一同將塑膠袋扛了下來。

啪。

一個成年人大小的塑膠帆布袋掉到地上，退伍軍人上前拉開拉鍊。裡面躺著一個滿身是血、一動也不動的四十歲男人。無須進行確認，所有人都知道他已經死了。工頭上前確認屍體後，詢問道。

「現場呢？」

「清理乾淨了。」

「有沒有車跟來？」

「沒有。你不也知道嘛？我回來的路上非常小心。」

每次都是一樣的問題與回答，工頭卻從來沒有敷衍了事。這是他能在這裡工作這麼久的其中一個祕訣——處理屍體。他在業界的稱號是「鬣狗」，想要隱瞞殺人或意外死亡，都會聯繫工頭。

要是屍體消失無蹤，即使殺了人也不會受到懲罰。工頭將屍體藏得天衣無縫。這些年來，沒人找得到工頭處理的屍體，這次也一樣。他又向退伍軍人追問幾個問題後便站起身，聚集在周遭的人看著他的眼神充滿期待。他指了指老么和另一個人。

「你，還有你，去處理。」

老么笑了，卻在發現和自己一起被點名的人是小鬼頭後，忍不住皺起眉頭。自己在工頭手下工作了幾個月，才終於有機會參與處理屍體，那個小鬼頭才剛來沒多久，不僅迅速獲得初次參與工作的機會，甚至傲慢地要求五倍薪資。

老么惡狠狠地瞪著小鬼頭。前一晚的突襲因為他仍然清醒而以失敗告終，明明沒人知道這場突襲行動，沒想到小鬼頭的第六感竟如此神準。因此，老么更不喜歡他了。他就是看那小子不爽。那小子不僅沉默寡言，即使知道要做什麼也一點都不驚訝，這些都是老么不爽的點。

不過，現在要優先處理眼前的工作。老么彷彿盯著獵物般走向屍體，率先翻開沾染血跡的衣物。處理者有權拿走屍體身上的東西，運氣好的話，還能撈到些值錢的物品。老么注意到屍體手腕處閃爍著金光。他粗魯地將手錶扯下，卻發現那只是劣質錶面反射出的光澤，忍不住罵了句「幹，是假貨」。這傢伙身穿高級的高爾夫球裝，還以為他挺有錢的，居然是假貨？

如果第一個東西是假貨，極有可能全身都是假貨。屍體生前的職業不用想也知道，那些全身假貨又喜歡裝闊的傢伙，基本都是搞詐騙的。老么繼續徒手在冰冷僵硬的屍體上翻來翻去。然而，依舊沒什麼收穫。皮夾裡有一點錢，口袋裡有一枝鋼筆，褲子後面的口袋有兩張餐廳折價券，就這樣而已。

老么偷瞄跟著工頭離開現場的退伍軍人一眼。那傢伙該不會把好東西摸走了吧？這裡的潛規則是屍體身上的物品歸最後處理的人所有，但最近退伍軍人帶來的幾具屍體都像這樣身無長物。儘管心生懷疑，但身為老么，他自然不敢提出異議。

幹，那個臭軍人。老么拿走假貨手錶準備站起身的時候，才猛然想起還有另一個人要和自己一同處理。小鬼頭站在原地，定定盯著屍體的臉看。屍體的臉可能是遭到鈍器打擊，已經徹底變形，布滿駭人的血跡。頭骨甚至明顯凹陷，還有一邊的眼球跑了出來。

「怎麼？這是肛過你的愛人嗎？」

老么出聲嘲諷，小鬼頭終於抬起頭來。即使被人這樣羞辱，他也沒什麼反應。啊，這眼神真令人不爽。總有一天要把那傢伙的眼睛挖出來，弄得和這具屍體一樣。

「看清楚我的動作，跟著我做。居然第一次來就能參與工作，算你走運。」

老么連說帶罵，拿起工具開始分解屍體，依序砍斷手、腳、脖子和身軀。屍體如同肉舖的肉塊，瞬間變得面目全非。

「吸管！」

聽見老么的吶喊，吸管將大型機具開了過來。老么用下巴指向小鬼頭，示意自己處理好的東西。

「碾碎。」

嗡嗡嗡。機具開始運轉，不久後，小鬼頭彎腰撿起一塊塊屍塊。幾小時過去，到了黎明時分，現場只剩下吸管和小鬼頭還在動作。老么抽著菸，只出一張嘴進行指揮。吸管將染血的地面與牆壁重新刷上油漆，小鬼頭則把被碾碎的屍體攪進水泥。這具屍體將成為房子的一部分。

「我以前在工地工作的時候，內心常常湧起一股怒火。因為我知道，就算再怎麼努力，我也無法踏進自己蓋的房子。像我這種傢伙就算重新投胎，也不可能住進這種地方，但有些傢伙卻心安理得地住進我用血汗建造的房子，在裡頭吃香喝辣。這個世界爛透了。我為了生活苟延殘喘，這個世界卻爛得讓我無法忍受。但現在不一樣了。我依然是社會底層，現在卻每天都非常享受工作。等這棟房子蓋好後，住進來的那些有錢人會有多麼驕傲啊？多麼自豪能住進這種豪宅？他們根本不知道自己住的房子，是人的屍體蓋出來的，呵呵呵。」

老么顧著笑，好一陣子都沒說話。

「現在我工作的時候，都忍不住想笑。喔，幹，太快樂了。那些傢伙看似住在眾人欣羨的豪宅，實際上卻是在碎屍上吃喝拉撒睡！」

他又笑了好一陣子，直到太陽升起，才疲倦地打了個呵欠。

「欸，小鬼頭。」

老么出聲呼喚，對方卻沒有回應，只是繼續做自己的事。儘管小鬼頭對自己不理不睬，老么卻不以為意，繼續嘻嘻笑道。

「別以為參與晚上的工作，早上就可以蹺班不去工地。聖誕老人已經盯上你了，你最好繃緊神經。要是你以為這裡面的屍體全都來自外面，那你簡直大錯特錯。我們不只處理外面的屍體，就算曾經笑著一起工作的傢伙死在眼前，我也不會感到驚訝。」

老么轉過身，說出最後的警告。

「對了，今晚我會做足準備再去找你，你給我等著。」

他離開後，現場只剩下兩個人，而小鬼頭率先完成了工作。他倚牆而站，看著吸管繼續忙碌，開口詢問。

「為什麼要幫我？」

吸管的手停頓了一下，又繼續埋頭工作。不久後，小鬼頭轉身準備離開，和上次一樣，他又聽見了輕聲咕噥。

「把我弄走吧。」

小鬼頭轉頭看了他一眼，沒有追問那是什麼意思。他轉過身，一步步緩慢前行。品味著被埋藏在灰色地面下的肉塊和血液，更加堅定了自己的步伐。

「工頭好像很喜歡小鬼頭。」

退伍軍人焦急地說著。不過，得到的回答卻讓他皺起眉頭。

「我也很喜歡他。」

聖誕老人看著退伍軍人不滿的表情，噗嗤一笑。

「但工頭應該沒有。」

「哪裡沒有？那小子第一次來，他就叫他處理分屍工作。」

「對，和吸管一起。」

吸管？吸管本來就是負責善後的……咦？退伍軍人這時才發現事有蹊蹺。

「是故意讓他和吸管一起行動嗎？」

「不知道。」

聖誕老人含糊回答，問出了另一個問題。

「老么還在欺負小鬼頭嗎？」

「對，那小子好像不覺得膩，每週都要突襲他兩、三次，有時甚至每天都去，已經持續一個月了。嗯，雖然他一次也沒成功，還反被對方修理，因此產生了一股好勝心，但是……」

「怎麼了？你在擔心什麼？」

「真的是老么在欺負小鬼頭嗎？」

「什麼意思？」

「我只是在想，會不會是小鬼頭對老么手下留情。」

聖誕老人再次噗嗤一笑。

「有可能。不過，小鬼頭在我們這裡沒有任何盟友，如果徹底幹掉老么，就等同於得罪老么背後的我們，我猜他是迫於無奈，只能適時地回擊。就算小鬼頭那個狠角色再怎麼能打，也不可能一個人打敗我們所有人。」

「如果我們之中有人站在他那邊，他就會徹底幹掉老么嗎？」

「你要站在他那邊嗎？」

「幹嘛這樣？我又不喜歡他。」

「為什麼？」

「就覺得……跟他合不來。」退伍軍人梳理好自己的想法後，繼續說道：「我指的不是言行舉止之類的。反正只有走投無路又需要錢的人才會來這裡，所以這裡什麼人都有。我不好奇小鬼頭以前過得多奢靡，但聚集在這裡的人，心中都存在著絕望，即使個性再怎麼樂觀，也難免會對這個噁爛的世界感到絕望。可是小鬼頭很奇怪，他就像機器人一樣，嘴上說需要錢支付母親的醫藥費，卻沒有表現出任何迫切。他應該不是自願加入工頭手下，卻沒有不情願，也不像老么那般雀躍。我真的很好奇他以前到底是做什麼的。」

「說不定他只是單純覺得能賺到錢就好。」

聽完聖誕老人的結論，退伍軍人搔弄著下巴，說了句「是嗎」。

「看似複雜的問題，答案往往都很簡單。小鬼頭有可能真的什麼都不是。」

不過，工頭不可能把事情想得這麼簡單。一旦執著於「小鬼頭可能和吸管有關係」，就會不斷思考小鬼頭的事。聖誕老人認為現在可能就是絕佳的機會。他已經在工頭底下工作十一年了，知道工頭賺的錢有多麼驚人。

在工地總是穿著破爛衣服、吃著寒酸飯菜，工頭卻比任何人都有錢。在他底下工作超過十年的自己，至今卻連一間房子也買不起，還要往返工地毀屍滅跡。

聖誕老人以前非常懼怕工頭，對他獨吞金錢並沒有任何不滿。反正自己是沒人願意收留的社會底層，只要有得吃、有得住就已經知足。認識工頭、成為他的左右手，還有部下可以使喚，更是令他感激不已。

對聖誕老人來說，工頭是完美的老大。但吸管的出現，讓他對完美老大的幻想產生了裂痕。工頭越在意吸管，聖誕老人越覺得他是想掩飾自己的弱點。吸管自己也不知道的某種因素，正不斷刺激著工頭。工頭對吸管越敏感，聖誕老人就越覺得他可笑。

直到後來，聖誕老人漸漸心生不滿。為什麼工頭獨吞了所有錢？他明明什麼事都沒做，只負責接電話、指派工作跟收錢。聖誕老人認為自己也能成為處理屍體的鬣狗。那天晚上，聖誕老人走進只有兩人睡在裡面的貨櫃。躺在床上的吸管一看見他，立刻驚訝地坐起身。

吸管曾因身上太臭而被趕出宿舍，只能在工地隨便找地方睡，工頭卻在小鬼頭來了以後，刻意安排他們睡在同一個地方。儘管聖誕老人覺得吸管是一把能夠刺向工頭的刀，但卻是一把鈍刀，畢竟追問了吸管好幾年，直到此刻依舊一無所獲。聖誕老人原本已經放棄吸管，認為他是個沒用的傢伙了，但他又心想，現在有小鬼頭在，情況說不定會有所不同。

「吸管，你有菸嗎？」

吸管趕緊從衣服裡掏出皺巴巴的菸盒，遞給對方。聖誕老人看到後，又問了一次。

「我在問你有沒有菸。」

吸管遲疑了一下，才咕噥說「我馬上去買回來」，然後走到外面。經過好幾年的調教，吸管的反應已經變得相當迅速。他離開後，聖誕老人走到平躺的小鬼頭身旁。聖誕老人一坐上附近的床，小鬼頭便睜開眼睛往上看。

「聽說老么一直煩你？」

小鬼頭好像懶得回話，又再次閉上眼睛。聖誕老人在一定程度上贊同退伍軍人說的，這小子確實像個機器人。

「打架不是問題，但睡眠不足是吧？老么就是要讓你睡不好，聽說你為了防範突襲，每天都熬夜？」

依舊沒有任何回答。聖誕老人不以為意，繼續說道。

「你明天就能睡得安穩了。」

說完這句話後他便站起身，和睜著眼睛的小鬼頭四目相對。

「你有什麼目的？」

「沒什麼，只是希望你和吸管好好相處。」

一般人應該會好奇原因，小鬼頭卻無動於衷地再次闔眼。他好像馬上就睡著了，即使聖誕老人盯著他看，依舊一動也不動。看見他閉上眼睛的模樣，聖誕老人才再次意識到他真的很年輕，頂多才二十五歲吧。

聖誕老人心想——要是自己有兒子，應該也差不多這麼大。不對，說不定自己真的有兒子。在玩過即丟的女人當中，搞不好有人生下了孩子。年輕時的聖誕老人相當風流，但他從未想過自己可能有兒子，直到看著小鬼頭才突然想到這點。明明小鬼頭和自己並沒有任何相似之處。

窸窣。

聖誕老人聞聲轉頭，看見吸管站在門邊，手上拿著一包新的香菸。

「嘿，你有沒有兒子？」

吸管眨了眨眼睛，又轉移目光，咕噥般回答。

「有」。

「他現在幾歲？」

「十七歲。」

「這個年紀還是很需要爸爸吧。」

「……」

「你看見這小子，會不會想起兒子？」

吸管凝視著地面，然後搖了搖頭。還、還好，不太會。他的回答含混不清，大概是擔心提起家人會連累他們吧。聖誕老人嘲笑他。

「這就是為什麼有家庭的人一輩子都要被牽絆。即使已經被那些家人遺忘了也一樣。你要好好照顧這小子，知道了嗎？」

聖誕老人輕拍吸管的肩膀，搶過他手上的香菸走了出去。

工頭真正視為手下的只有四個人，其他人都是隨時可以替換的消耗品。偶然被工頭注意到，並加入處理屍體的行列，並不代表取得了工頭的信任。想獲取信任，需要通過考驗。

許多人都在這一關被淘汰，隔天便悄聲無息地不見蹤影。行李還在原位，只有人憑空消失。在小鬼頭開始處理屍體的兩週後，常和老么一同行動的小伙子站上了考場。如果通過了，就可以賺取不錯的收入。

這次聖誕老人從廂型車上扛下一個被塑膠袋包住的人。與此前不同，地上的塑膠袋仍在扭動。拉開拉鍊後，活生生的眼睛露了出來，因絕望恐懼而顫抖的瞳孔惶惑地四處亂顫。這名三十歲出頭的男人似乎馬上就要發出尖叫，被封住的嘴卻讓他無法如願。只見滿臉驚懼的他瘋狂扭動著被繩子牢牢綑綁的身體。

「不是已經弄昏他了嗎？」

今天要接受考驗的小伙子驚恐地詢問聖誕老人。

「弄昏了，但他又醒來了。」

「那應該要再次弄昏他吧。」

「何必呢？你直接把他幹掉就好了。」

「……」

小伙子雙唇緊閉，低頭看著男人。眼前的男人似乎終於搞清楚狀況，眼神散發出無聲而絕望的呼喊。可能是睡覺途中被抓來的，他身上只穿著內衣褲，但沒人覺得他的樣子丟人。畢竟被裝在塑膠袋裡的，對他們來說早已不是人類。

「呃……呃……呃！」

男人劇烈喘息，拚命想發出聲音。工頭似乎覺得他很吵，低頭看了一眼，便對接受考驗的小伙子下令。

「動手。」

咕嘟。小伙子一手拿著沉重的鋼筋切斷機走向前，打算把男人敲死。看著男人哭著求饒的眼睛，他的手異常沉重。經過一陣短暫遲疑，他像是鐵了心一樣露出堅定的表情，重新向前走去。

這時，聖誕老人嘲笑般開口。

「那小子有兩個嗷嗷待哺的小孩，我看了孩子們的照片，眼睛跟爸爸長得一模一樣，非常好看。」

接受考驗的小伙子神色不安地回過頭。聖誕老人聳了聳肩。

「只是怕你好奇。你不想知道自己要幹掉的人是誰嗎？」

「我不需要……」

「那個男人有捐款的習慣，對家人朋友都很好，週末還會上教會，是個平凡又老實的父親與丈夫，根本沒有理由去死。」

「怎、怎麼會沒有理由，都來到這裡了……」

「因為他老婆外遇了。外遇對象是個王八蛋，擔心女生會和老公重修舊好，就決定把他殺了。這種沒有勇氣親自動手的王八蛋，認為人不是自己殺的，因此毫無罪惡感。他接下來幾年都會假惺惺地安慰悲傷的女生，讓對方重回他的懷抱吧。如果先申報失蹤，過幾年再申報死亡，女生還可以拿到遺產，是一樁很不錯的生意。那個男人該死的理由只有一個——就是他太善良了，什麼都不知道。」

要接受考驗的小伙子表情徹底僵住。

「一擊斃命吧，要是你笨拙失手，只會徒增那個善良的人的痛苦。」

聖誕老人推了推小伙子的肩膀。只是輕輕一推，他卻踉踉蹌蹌往旁邊倒退一大步，轉頭看向周遭。所有人都期待自己殺死那個男人，而自己必須完成這件事，才能加入工頭的團隊。下定決心後，他跪在男人身旁高舉雙手。與此同時，倒在地上的男人顫抖著輕輕搖頭，小伙子倏地瞪大眼睛。

「還不趕快動手？」

工頭不耐煩地說著。接受考驗的小伙子雙眼緊閉，將切斷機用力砸下。溫熱的鮮血噴濺在臉頰上，他又砸了三次才瘋狂退後，鬆開了手。

啪。

機具掉在地上，小伙子根本不敢直視前方，只能轉過頭大口喘氣。現在搞定……

「喂，人還沒死啊。」

什麼？他吃驚地轉頭，看見了男人血流如注的臉。鼻子凹陷、頭部汩汩湧出鮮血，眼睛卻依舊瞪得大大的。就這樣，他望進了那雙驚恐駭人的眼睛。

噠噠噠噠。

他退到後面，聖誕老人撿起掉落的工具遞給他。

「趕快搞定。」

「我、我做不到，嗚嗚……我、我做不到。」

他一邊啜泣，一邊轉身背對男人。他不敢看男人仍在呼吸起伏的胸膛，也忘不掉仍盯著自己的那雙眼睛。

「工頭。」

聖誕老人盯著工頭，工頭則轉頭看向推薦小伙子的老么。老么正表情扭曲地瞪著接受考驗的小伙子。

「你去搞定。」

隨著工頭一聲令下，老么走向前，從聖誕老人手裡接過工具。當他轉身面向男人時，卻遭到工頭制止。

「不是那邊。」

老么瑟縮了一下，緊張地回頭看向工頭。

「人是你推薦的，你自己處理。」

老么眼神震驚地低下頭，才轉身走向依然癱坐在地的小伙子。直到這時，小伙子才發現氣氛不對，倏然抬起泛著淚的目光。然而已經太遲了。迅速走近的老么拿起工具，朝他的頭猛然砸下。

啪！

小伙子倒下後，老么跨坐在他身上，又砸了好幾下。沒過多久，老么氣喘吁吁地站起身，這次工頭對另一個人下令。

「另一個你去搞定。」

順著他的視線，眾人看向了小鬼頭。站在一群人最後面，面無表情看著眼前一切的他，在接獲指示後看向男人。男人只是勉強留有一口氣，正痛苦地發出呻吟。他早已因為失血過多快要沒命了，但工頭希望立刻搞定。小鬼頭走到男人面前。老么一路瞪著他走了過去，耳邊傳來聖誕老人的命令。

「把工具給他。」

老么一臉不耐煩地遞出工具，但小鬼頭拒絕了。

「不需要。」

說完後，他走到男人身旁單膝下跪。他一手握住自己脫下的T恤，另一手托住男人血淋淋的頭顱，接著將T恤蓋住口鼻，緩慢而小心地往下壓。隨著他的手逐漸用力，男人垂下目光，身體像在掙扎似的扭動了好幾下。

片刻過後，男人看著小鬼頭的眼睛逐漸渙散，緩緩闔上。目睹全程的眾人心情倏然變得微妙。這小子明明殺了人，但他的動作卻傳遞出截然相反的感覺，彷彿成了讓對方安息的聖人。但更令人不爽的是另一件事。站起身的小鬼頭像要記住眾人的長相似的，緩緩掃視著在場的每一個人，然後露出笑容。那傢伙是怎樣？

「喂，你笑什麼笑？」

「因為覺得感激。」

他給出了出乎意料的答案。老么滿身是血地從一旁走了出來。

「幹，要讓你更感激嗎？」

老么拿起工具作勢威脅，聖誕老人卻在一旁制止。老么瞪了聖誕老人一眼才往後退，又不忘警告擦肩而過的小鬼頭。

「祝你有個好夢，這樣我去找你才有樂趣。」

吸管和小鬼頭已經住在同一個地方五十五天了。沙漠炙熱依舊，夜晚卻吹起了冷冽的涼風。僅是如此，世界似乎便開闊了些。工程大有進展，應該今年就能順利完工。

儘管對這裡也有感情，但大家明年就要跟著工頭一起移動到另一座工地。吸管現在已經很習慣遷移了。偶爾不用工作的時候，他也會待在工頭的垃圾處理場，但停留的時間並不長。

工頭討厭自家的垃圾處理場。因為一直放著不管，未經處理的垃圾在廢棄的土地上堆積成山，逐漸腐臭。不過，那卻是吸管最喜歡的地方，他認為那裡最適合自己。

「把我弄走吧。」

吸管在黑暗中開口，再次說出一起工作那天忽然迸出的話。應該聽吸管說話的人已經躺在床上許久，但吸管不以為意。片刻過後，小鬼頭坐起身。

「你做這份工作幾年了？」

「四年。」吸管若有所思地放低目光，繼續說：「我沒有接受過那種考驗，也沒有殺過人。想在這個團體存活下來就必須經歷一次，但我做不到，所以……成了他們不會叫我參與考驗的、微不足道的存在。」

他第一次吐露不曾向任何人提起的心聲。

「你為什麼不離開？」

「離不開了，你現在也一樣。」

「我在問你為什麼不離開？」

「我不是說了嗎？他們不會放我走……」

「那是他們的事。你為什麼要繼續當個微不足道的存在？」

過了一段時間，吸管才以非常微小的音量悄聲說道。

「想報復自己。」

他沒有追問小鬼頭是否聽清楚，轉而反問了一句。

「那你為什麼來這裡？」

本以為小鬼頭沒聽見，卻意外得到了答案——一個令人有些不解的答案。

「因為我想為某人的死亡哭泣一次。」

吸管反覆思索他說的話，又再次重複。

「把我弄走吧。」

「我不懂你的意思。」

「無所謂，你只要記住我說的話就好。」

「你和工頭是什麼關係？」

吸管隔了一段時間才開口，聽完答案的小鬼頭只是靜靜凝視著他，過了一會兒才躺回床上，並隨口問道。

「今天是幾號？」

「不知道，但你已經來八十五天了。」

小鬼頭去拜訪聖誕老人，已經是三天後的事了。屢次受到聖誕老人幫助、卻不曾理會的小鬼頭突然出現，讓聖誕老人很是驚訝，同時也有些期待。這小子頭腦不差，應該知道主動來找自己意味著什麼。

「有什麼問題嗎？」

「吸管鬆口了。」

聖誕老人努力露出不以為意的笑容。

「是喔？他說什麼？」

「工頭。」

小鬼頭只說完這一句就不再說話了。聖誕老人知道對方在試探自己，卻按捺不住好奇，主動追問。

「工頭怎麼了？」

「不用先讓工頭知道嗎？」

這傢伙真是……聖誕老人勉強維持笑容。

「是需要先讓工頭知道的內容嗎？」

「至少不需要先讓你知道。」

既然這小子這麼說，一定有什麼內幕。儘管懷疑過是誘餌，但並未偏袒任何人的小鬼頭沒理由向自己拋出誘餌。

「你想要多少？」

「現在的你付不起的金額。」

「……」

「但也是工頭絕對不會付的金額。」

聖誕老人看出小鬼頭的意圖了——雖然現在付不起，但坐上工頭的位置就付得起了。一股興奮倏地湧上心頭。聖誕老人心想——既然如此，這小子手上的牌說不定厲害到能把我送上那個位置。他現在是要確認我有沒有膽量使用這張牌。真是個囂張的傢伙。

聖誕老人沒有生氣，興奮的情緒顯然已經麻木了他的腦袋。只是，他仍保有些微的謹慎。

「你希望我去拜託工頭嗎？」

「別再互相試探了。如果你是膽小鬼，那我去找其他人好了。」

「哈哈，膽小鬼。」聖誕老人大笑幾聲，瞪著對方。「把你的底牌亮出來，別以為拿著一張爛牌虛張聲勢，我就會隨之起舞。」

「工頭絕對不敢殺死吸管。」

「為什麼？」

「我沒辦法透露更多，你還沒給我任何承諾。」

「……」

「可以用吸管動搖工頭。如果他像見鬼一樣魂飛魄散地抓狂，一定很有趣吧。」

他面無表情說出的話莫名中聽。聖誕老人思考片刻，就聽見小鬼頭隨口說道。

「當我沒說過這件事。」

「等一下。」聖誕老人叫住準備離開的他。「如果你真的把事情辦妥，你想要的那筆金額，我給你兩倍。」

「我需要更確切的保證。」

「什麼？」

聖誕老人詢問後，小鬼頭簡短回答。

「武器。工頭的。」

工頭的武器……雖然有些棘手，要拿到也不算太難。只不過，要是把武器給他，最後自己遭殃該怎麼辦？

「先說出你的計畫，你應該不是毫無準備就來找我吧？」

小鬼頭打量了對方一陣子，才終於開口。他的計畫很簡單，卻深得聖誕老人的心。激動已經徹底蠶食了所剩不多的理性。

「很好，什麼時候開始？」

「等你準備好需要的東西就開始。」

小鬼頭回答完，逕自轉身離去。聖誕老人努力壓抑情緒——等事情搞定後，一定要先幹掉那傢伙。不過，自己不能在那之前遭殃，所以需要確認一下。

「你敢背叛我就死定了。」

小鬼頭回頭瞄了他一眼。

「你也是，如果你敢向別人提起我，我就殺了你。」

工地主任過去幾個月如同身陷地獄。自從幾個月前差點死在工頭手上，進入工地對他來說就變得極其痛苦。那時的恐懼在他心中烙下了深重的陰影，只要有人拿著工具站在他面前，他就會狂冒冷汗和心悸。

雖然向總公司請調，過了幾個月仍沒有得到回覆。公司的意思很明確，工程快結束了，不打算再進行調整。但所剩不多的時間對工地主任來說度日如年。即使剩餘時間遠比他撐過的時間短暫，恐懼仍壓得他喘不過氣。

這天，他也是隨便巡完現場，就把自己關在辦公室。敲門聲突然傳來，回答完「請進」後，他抬頭一看，瞬間屏住了呼吸。進來的人是工頭的左右手，那個人稱「聖誕老人」的男人。工地主任緊緊抓著椅子扶手，關節甚至隱隱發白。

「有、有什麼事嗎？」
「只是好奇你好不好。」
「什、什麼事？」
「我聽說你最近經常失誤，身體看起來不太好。」
「我、我嗎？沒有，我、我很好。」
「是工頭的關係吧？」
工地主任一驚，猛力搖頭。
「不是，我怎麼會因為工頭……我沒事。」
「對不起，我替他向你道歉。」
工地主任極力否認，隨後又驚訝地愣住。道歉？
「你為什麼……」
不過，他繼續搖了搖頭。不對，這可能是在考驗我，說不定是他設下陷阱，派左右手來確認我的想法。他聽過關於工頭的駭人傳聞，儘管被當成怪談，工地主任卻相信那種事真的可能發生。
「沒能制止工頭，我也有錯。我很後悔明知他已經逐漸失去判斷力，卻還是沒有制止他。沒想到他會淪落到這個地步。」
「這個地步？」
「我可以相信你嗎？」
「什麼？」
「因為是工頭的壞話。」
那就別說了吧。工地主任本想拒絕，聖誕老人卻率先開口。

「也對，不管你是事後知道，還是現在知道都沒差。」
「事後？」
聖誕老人裝出一副思考的樣子，隔了一段時間才開口。
「最近工頭的狀態不太好。雖然他一直都是殘暴的人，但他本來不會對自己人下手，最近卻徹底失控了。他今天還拿著刀四處遊蕩，說要殺死一起工作好幾年的人。」
咕嘟。工地主任再次抓緊椅子的扶手。
「後、後來呢？」
「我請那個人躲起來了，還派了一個剛來幾個月的小子保護他……要是工頭知道了，大概也會想殺了我吧。」
「你是不是應該逃跑啊？」
「要是我逃跑了，死的就是其他人，我得親手解決這件事。」
「你想怎麼做？」
「你幫幫我吧。」
工地主任大吃一驚，趕緊搖了搖頭。
「我不想管這件事，別把我牽扯進去。」
「就是這樣，請你什麼都別做。不管未來工地發生什麼，都請你裝作毫不知情，並向上面報告沒有任何問題。」
「……」
「你只要這麼做就足夠了。即使看見或聽見什麼，也請當作什麼事都沒發生。」
工地主任仍說不出話，聖誕老人卻像聽見回應似的露出笑容。
「如果你願意這麼做，我會阻止工頭失控。」

「……好吧，我什麼都不知道喔。」

工地主任終於點了點頭，並憂心忡忡地對準備離開的聖誕老人說。

「保重。」

喀。關上門，走出辦公室的聖誕老人忍不住冷笑。照著小鬼頭的建議，事情果然輕鬆解決了。

「工地主任已經嚇壞了，要是態度強硬，他反而可能直接辭職不幹。與其拉攏新的工地主任，不如搞定現在這個。你去和他道歉，動搖他的內心。只要裝出英雄的樣子，他就會點頭了。」

既然那個白痴的頭銜是工地主任，出事後自會處理與公司的摩擦。接下來，正式讓工頭失控吧？

最先將消息告訴工頭的人是老么。

「你說吸管不見了？」

「對，小鬼頭也是。」

老么特意強調小鬼頭，工頭耳中卻只聽見「吸管」兩個字。

「吸管什麼時候不見的？是不是躲在哪個角落睡覺？那小子總是隨便找地方睡。」

「自從他和小鬼頭一起住之後，就沒有睡在外面過。」

「一次也沒有？」

「對。」

「你沒看過他們兩個交談吧？我交代過你，突襲的時候要在外頭觀察，你有照做嗎？」

老么點點頭。

「當然有。有時候就算沒突襲，我也每天都去觀察他們，但從未聽見他們交談。只不過——」

「只不過？」

老么欲言又止，觀察著工頭的反應。

「快說。」

「聽說小鬼頭前幾天去找過聖誕老人。」

「馬上把聖誕老人叫過來。」

「聖誕老人正在為工程收尾……」

「叫他過來！」

老么第一次看到工頭這樣咆哮，頓時嚇了一大跳，立刻飛也似的逃離現場。老么離開後，工頭焦躁地站起身，全身散發出躁動不安的情緒。吸管這幾年一直安分守己，讓他一時大意了。即使和小鬼頭在一起，吸管也沒有任何反應，才導致自己不小心忘了，應該時時刻刻盯著吸管才對。

吸管來到自己所在的地方，背後一定有什麼意圖。可惡，應該早點把他幹掉，都怪吸管表現出什麼都不記得的樣子，他才徹底被騙了。幹，得趕快找到這傢伙才行，要趕快把這個狡猾的傢伙碎屍萬段……

「你說吸管和小鬼頭不見了？」

匡！

工頭丟出的東西飛過聖誕老人頭頂，砸在門上才掉落在地。聖誕老人勉強躲過，但看見工頭手上的刀，又忍不住往後退了一步。

「你和小鬼頭聊了什麼？」

「什麼意思……」

「別想裝蒜，我知道小鬼頭前幾天去找過你。那傢伙跟你說了什麼！」

「難道小鬼頭帶著吸管逃跑了嗎……嚇！」

啪。從工頭手上飛出的短刀插進門板。

「我在問小鬼頭跟你說了什麼！」

「他問了我復仇的事。」

氣急敗壞的工頭倏然愣住了。

「……復仇？」

「只說他感覺有人想復仇，要我小心別被牽扯進去。我覺得沒什麼……」

「復仇？誰？」

「他沒說清楚，現在回想起來，既然小鬼頭和吸管住在一起，很有可能是吸管說的，但我當時沒想到。」

聖誕老人一邊觀察工頭，一邊碎嘴說出事前準備好的說詞。原本氣得抓狂的工頭如同電源被切斷般，忽然停下所有動作。在聖誕老人準備小心翼翼地詢問他「還好嗎」的時候，他忽然緩緩開口。

「哈、哈哈……復仇？那傢伙要對我復仇？他怎麼敢！」

匡！

工頭將桌上的電話用力砸在地面。可能是憤恨難平，他把手邊能摸到的所有東西全都掃到地上。

砰！鏘啷啷！

聖誕老人為了不被東西砸中而壓低身體，同時又忍不住竊笑。他原本還半信半疑，現在已經徹底相信小鬼頭了。那小子真不是在吹牛。「復仇」兩個字居然讓工頭反應這麼大？聖誕老人確信工頭的行為將會符合自己的預期。

「你還好嗎？」

「那傢伙怎麼敢對我復仇？那個死乞丐要對我做什麼？」

聽見工頭的怒吼，聖誕老人忍不住猶豫了一下。這招真的行得通嗎？

「我不清楚，但他們消失前，我看到小鬼頭在工地做了奇怪的動作。」

「什麼動作？」

「他在已經完工的地方打轉，一邊掃視地面，一邊捶打牆壁……現在才發現，他繞過的地方都是吸管負責的區域。」

「小鬼頭在找什麼？」

「不知道，應該不是完好的屍體吧。」

工頭再次沉默。聖誕老人真的開始好奇了。吸管和工頭究竟是什麼關係？吸管知道工頭的祕密嗎？吸管握有工頭過去犯下駭人罪行的證據嗎？如果是這樣，工頭至今的種種行為就說得通了。他默默觀察吸管好幾年，沒想到一聽到「復仇」兩個字反應居然這麼大。

「你要去哪裡？」

聖誕老人詢問拿起巨錘走出去的工頭。

然而，他只是露出駭人的表情，留下一句簡短的命令——

「把所有人都帶過來。」

幾小時後，聽聞消息的工地主任氣喘吁吁地衝到現場，眼前景象卻令他忍不住張大嘴巴。包含工頭在內的一群工人，正拿著巨錘朝已經蓋好的大樓地面和牆面猛砸。

「究竟是怎麼回事？喂，你們在做什麼？」

工地主任衝進現場，但沒跑幾步就停了下來。

緩緩抬起目光的工頭，低聲說了一句話。

「滾開。」

「工頭，要是工程出了問題，應該先通知我……」

「我叫你滾開！」

工地主任被工頭的怒吼嚇得連連後退，懼怕著他手上不長眼的巨錘。工地主任知道周遭的人都在看著自己，卻不敢再往前半步。工地主任一退後，工頭又拿起錘子繼續敲敲打打。本來已經鋪得平整的牆壁和地板被他敲破，碎片粉塵四處飛濺。他似乎在尋找什麼，翻找完被敲開的地方，又往另一個地方繼續敲。

砰！砰！砰！

他似乎不知疲倦，一直瘋狂揮舞著錘子。工地主任想起聖誕老人早上來訪時說過的話。原來他真的瘋了。瘋了，得趕快通知公司……一想到這，工地主任又猶豫起是否要依照聖誕老人所說，裝作不知情。

工程快要完工了，即使現在聯絡公司，公司也只會稍微懲罰工頭，然後繼續交辦工作。不過，要是工頭連續幾天都像這樣搞破壞呢？公司一定不會善罷甘休。如果想嚴懲工頭，只能等有權有勢的勢力出手。好吧，再等幾天就好。

先用信件籠統地向公司回報吧。反正只要不是太大的問題，公司基本懶得出面，只會要他隨便處理。工地主任在腦中擬定計畫，轉身離去。希望工頭再發瘋幾天，不對，再兩天就好。

三天後，工頭發現在工地一無所獲，便停下了手中的錘子。然而，現場已是一片狼藉，公司也如工地主任所願，震怒不已，甚至展現出不願再將工作派給工頭的態度。不過，始料未及的意外忽然降臨——工頭不見了。2-21 區被勒令封閉了好幾天。

什麼會讓人變得邪惡？恐懼、憂愁、不安，任何情緒都有可能，重點在於這些情緒如何滋長蔓延。工頭心中有一顆不安的種子，那是許多年前埋下的，但直到四年前都沒有發芽。

他的不安之所以破土而出，是吸管的緣故。一看見吸管，他就想起了自己想掩藏的過去，而悄悄紮根的不安，也是從那時開始以駭人的速度成長茁壯。

在二十幾歲的時候，年輕的工頭輾轉待過好幾個地方，才在一個鄉下小鎮安頓下來。他聽說朋友的老闆缺人手，便跟著朋友在他手下一起工作。人稱「大哥」、年約五十五歲的老闆，是個體型魁梧、全身布滿刺青的飆車族。

而他現在只不過是個屁股很少離開椅子的街頭流氓。表面上經營二手車生意，實際上卻在販毒，且基本所有能賺錢的勾當都做。不過，大哥擁有能夠震懾眾人的氣場，他的聲音、眼神和動作，全都令人心生畏懼。

工頭幾乎把他當成神一樣崇拜。而且他丟擲短刀的手法也相當了得，像個馬戲團成員似的，能讓小刀以子彈般的速度迅速插在對手身上。工頭在他手下工作兩年，一有空就對著鏡子模仿大哥，一心只想變得和大哥一樣。儘管他過於暴力殘忍，卻連這一點也令工頭崇拜。

工頭覺得自己不夠殘忍，缺乏果斷下手、殺人不眨眼的膽識。不過，其他人不像工頭一味地正面看待大哥的殘忍。因為大哥對自己人從不手下留情，導致大哥的左右手心中也累積了許多不滿。

在內部議論與祕密聚會漸增的某一天，工頭被大哥派去跑腿，獨自離開。雖然只要兩、三個小時就能把事情處理好，他卻跑去找最近追求的女生調情閒聊，直到天黑以後才回去。反正大哥說不是急事。

出來的時候，看到大哥把底下的人全都叫來，一副要重整綱紀的樣子，就覺得早點回去一定沒好事。他姍姍來遲地回到大家當成活動基地的中古車行，卻發現那裡鴉雀無聲。還以為被大哥訓完，會有幾個人跑出來抽菸，結果一個人也沒有。

他們是不是拋下我，自己跑去逍遙了？工頭一邊嘟囔，一邊打開門。喀啦喀啦。門板搖搖晃晃，卻怎麼也打不開。搞什麼？大家真的都去喝一杯了？可惡。他在附近東翻西找，找到了放置備用鑰匙的位置。直到插入鑰匙轉動門把的那一刻，他都沒料到即將出現在眼前的是什麼景象。尚未拉動把手，就有一股沉重的力量推開門板，逼得他往後退了幾步。到底是什麼……

啪啦。坐臥在門內的人應聲倒下。工頭看見了那人的眼睛，那是幾小時前還在開自己玩笑的好伙伴。此刻他染血的眼珠和玩偶一樣冰冷。

嚇！工頭倒抽一口氣，往裡面一看。在燈光的照映下，與過往截然不同的景象如實呈現。四周被鮮血染得一片通紅，不僅如此，幾個人的屍體交疊在走廊上，像是大家準備往門口逃跑，卻在半路死去。

工頭腦中猝然閃過一個念頭——他們被其他組織襲擊了。大哥呢？他顫顫巍巍地走進屋內。儘管想發足狂奔，顫抖的腿卻連走路都搖搖晃晃。前往大哥房間的路上，沿途都是屍體，他必須摀住嘴巴才能不發出聲音。可惡，可惡，所有人都死了嗎？到底是怎麼回事？

他反覆問了相同的問題幾百遍，終於走到大哥房間門前。透過半開的門縫，能看見有具屍體倒臥其中。那是大哥的左右手，他也睜著眼死去了。他胸口都插著一把刀，只剩刀柄露在外面。看見連他也慘遭毒手，工頭立刻嚇得推門跑了進去，想呼喚他的名字。但尚未開口，他就先聽見了另一個人的聲音。

「喔，對，還有你在。」

大哥和平時一樣，坐在老舊的書桌後面。不同之處在於，他渾身是血，手上還拿著武器。武器的尖端指向工頭。

「大、大哥。」

「只有你是真心追隨我。」

咕嚕。太奇怪了。一股不祥的預感籠罩全身，彷彿從來就沒有所謂的敵人入侵，殺死所有人的是……

「所以我打算最後再殺你。」

怦——工頭心頭一沉。從腳底竄起的恐懼令他渾身顫抖。工頭小聲咕噥著「放、放過我吧」，發顫的牙齒卻沒能讓他把話說清楚。工頭看著大哥的眼睛，猝然意識到他就是殺死所有人的凶手。他殺光了身邊所有最親近的人。那雙比世上任何事物都令人毛骨悚然的眼睛，此刻卻比任何時刻都放鬆沉穩，且盈滿殺氣。

「你咿咿呀呀模仿我的聲音太煩人了。」

大哥舉起手。噠噠。工頭好不容易後退一步——但就只退了一步，這已經是自己能做到的極限了。怎麼辦？我要就這麼死了嗎？我、我真的要死了嗎？工頭屏住呼吸，大哥舉起武器的手微微下移的那幾秒，竟漫長得彷彿好幾年。

工頭緊閉雙眼。死定了，躲不過了。就這樣過了一秒、兩秒，死到臨頭的絕望，讓他的意識如同被推向懸崖般恍惚。不過，即使全身顫抖著等待死亡，他卻沒有感受到任何痛楚。

過了好一陣子工頭才敢睜開眼睛，發現自己居然還活著。大哥靠在椅子上，手垂了下來，此刻眼中已無任何生氣。工頭不敢呼吸，愣在原地顫抖片刻，才意識到大哥已經死了。可能是死於交戰時受的傷，但不管原因是什麼都不重要了。

當工頭回過神來，才發現自己已經離開了那個地方，正在漫無目的地死命竄逃。他不知道自己跑了多久，甚至無暇顧及自己正在車子行駛的道路上發足狂奔。總覺得大哥其實還沒死，覺得他隨時可能睜開眼睛追殺自己。直到嘴巴流出口水、雙腿再也無法動彈，他才終於停了下來。

他不知道自己倒在何處，那是一個全然陌生的地方。尚未打烊的商店透出些許亮光，襯得昏暗天色更加陰沉。幾個人經過了渾身顫抖的他。他知道自己倒在路中央，可他無法動彈，身體也抖得厲害。在晚上仍有二十幾度的炎熱夏天，寒意卻從骨縫中漫溢而出。

「你還好嗎？」

有人向他搭話。工頭勉強抬起目光。隨後，向他搭話的人架著工頭的腋下，將他扶了起來。工頭害怕這個人會把自己帶回大哥面前，使盡全力掙扎著想甩開他，然而，對方只是讓他躺到附近的長椅上。

「你躺在路上可能會受傷。」

聽見稚嫩的聲音，工頭躺在椅子上抬頭一看。一個十幾歲的男孩正看著他，再次問道。

「你還好嗎？」

你問我還好嗎？怎麼可能好？我剛才……又想起大哥的眼睛了。工頭全身像裝了馬達一樣抖個不停，一股熱流從腿間擴散，他卻並未察覺自己的異樣。看見他失禁，男孩忍不住退後了一步。最後，男孩輕輕皺著眉頭，從包裡拿出一件運動褲放在他身邊。

「我現在已經不穿了。」

說完這句話，男孩就逃跑似的轉身離去。看著少年遠去的背影，工頭這才慢慢蜷縮起身體。後來，他離開了那座城市，去到了其他地方。他好不容易進入垃圾資源回收場工作，連續幾個月都沒離開過那裡，晚上還因害怕被大哥追殺而無法睡得安穩。

讓他安心下來的，是偶然看見的新聞報導。垃圾堆裡夾雜著以前居住城市的地方報紙，上面刊出了大哥的照片，報導內容是一間中古車行發生的慘案，凶手身分不明。大哥的名字在死者名單中。他看著那個名字好幾次，終於鬆了一大口氣，就像睽違幾個月才終於能夠喘息。接著，當他讀到報導最後推測凶手的那部分時，看到了自己的名字。

報導寫到「唯一不在現場的車行員工至今仍下落不明，被認為是行凶後潛逃」。居然說我殺了所有人？我沒……正準備否認的他，腦海中突然浮現一個念頭——如果變成是我殺的呢？畢竟沒人知道當時的事啊。

即使他主張自己殺了所有人，也不會有人認為他在說謊。大家一定會對他心生畏懼，露出他們看向大哥的那種眼神。那一刻，工頭意識到自己可以成為大哥。儘管當初狼狽逃跑，但他將這股羞愧埋藏在內心深處並脫胎換骨，成為一個無比殘忍可怕的人。

後來，他成了自己曾經嚮往的大哥，從未遭遇任何問題——直到吸管出現為止。一看見吸管，他就認出來了。明明幾十年前只在陰暗的地方見過一面，連長相都看不清楚，心臟卻率先認出了對方。

吸管就是把倒在路上的他扶到長椅上，還留下褲子的學生，就是目睹自己瘋狂顫抖、狼狽失禁的那小子。吸管的出現，讓他心中築起的堅固城堡出現了裂痕。

明明已經完美擺出大哥的姿態，掌控了所有人，但只要一看到吸管，那個狼狽逃跑的身影就會在腦中浮現。堅固的城堡地基受到動搖，不安的種子開始萌芽。長久以來被忽略、被遺忘的不安，把吸管的存在當成養料持續茁壯，緊緊攀附在他的城堡上。即使吸管似乎完全不記得他，依舊無法斬斷不安的枝條。

他有好幾次都想殺死吸管，卻又不忍下手。在每個企圖殺死吸管的瞬間，他總是無法像大哥那般殺伐果決。他一直把吸管留在身邊，但凡吸管露出任何記得自己的跡象，他似乎就能果斷揮刀了。

對，不需要現在就殺死吸管。工頭沒想到自己的故作從容，最終釀成了一場浩劫。聽到吸管說要復仇，簡直令工頭無比錯愕。復仇？那傢伙為什麼要這樣對我？他原本是個瀕死的乞丐，是我給了他賴以維生的工作，他卻說要復仇？

更氣人的是，感覺那小子展開復仇，是想索取當年給予幫助的回報。那傢伙其實全都記得，一直在我身邊磨刀霍霍。工頭幾乎被憤怒沖昏頭腦。問題是，吸管究竟隱瞞了什麼？又是為了什麼要向自己復仇？

雖然想立刻找到吸管，將他碎屍萬段，但必須先進行確認才行。要是那傢伙這幾年裝作什麼都不知道，其實一直暗中蒐集摧毀自己的證據呢？工頭先是破壞了吸管埋屍體和抹水泥的地方，翻了好幾天卻一無所獲。如果不在這些地方，會在哪裡？吸管還會去哪？會把東西藏在哪裡？那時，聖誕老人是這麼說的。

「其他事情我不清楚，但吸管非常喜歡一個地方，就是工頭的垃圾處理場。」

工頭立刻衝出工地。他在天色昏暗時抵達，並在太陽高掛頭頂前翻遍了所有地方，只可惜依舊沒有任何收穫，也並未發現吸管來過的蹤跡。他氣憤地拖著疲憊的身軀巡視周遭，內心湧起一股挫敗。

接著，他開始回想自己這幾天到底做了些什麼。如同著了魔似的抑制不住憤怒，自己到底為什麼會這樣？都是因為那傢伙。因為那個不知道人在哪裡，也不知道是死是活的傢伙。因為不知道那傢伙是否真的說過的那些話。

對，那傢伙說要向我復仇的事未必是真的。他像忽然被澆了一桶冷水，瞬間清醒過來，倏然產生了一種鑄下大錯的感覺。工地，得趕快趕回工地。即使一夜沒睡，他還是驅車在半夜抵達了被封鎖的工地。

工人宿舍的燈全都暗著。不對，是整座工地都籠罩在陰影之中。熟悉的不安再次將他吞沒。他定了定心神，翻越工地的柵欄。儘管天色昏暗，月光卻十分皎潔，且就算閉著眼睛，他也知道該如何在工地中前行。工人宿舍空空蕩蕩，沒有人在，也沒有行李。

工頭拿著打算用來殺死吸管的武器，走向唯一有光亮的建築——自己辦公室所在的二層樓倉庫。喀啷喀啷。門把應聲轉動，門卻被鎖上了。工頭從口袋掏出鑰匙，插進鎖孔。

工頭毫不費力就拉開了門，一股沉甸甸的力道將門往外一推。工頭才剛後退幾步，坐臥在門內的人就躺倒在地。那是前幾天接獲自己命令的其中一個部下。工頭看見了那人的眼睛——那是一雙布滿血絲、已經死去的眼睛。

也是他長久以來處理屍體，早已見怪不怪的眼睛。和盤子上的死魚眼珠一樣，不是特別恐怖或令人毛骨悚然，但工頭卻徹底愣住了，不安的藤蔓摧毀城牆，拽出被壓在底下的、多年前的記憶。

太過鮮明的記憶甚至讓他產生了錯覺。是大哥回來了嗎？不對，不可能，大哥已經死了。工頭拋開恐懼，往裡走去，但沒走幾步又再次停下腳步。目光所及，是一片刺眼的赤色，四周已被鮮血徹底染紅。

幾個人的屍體朝著門口趴臥，像是想從門口逃跑，卻慘遭毒手。命案現場和過往驚人地相似。工頭環視周遭，走向通往二樓的階梯，發現老么正躺在階梯中央，頭被砍下了一半。

工頭跨過他的屍體，走到自己的辦公室門口，發現退伍軍人倒臥在那裡。似乎是突然遭受攻擊，平時不離手的工具掉在不遠處。過去的記憶倏忽湧上，令工頭雙腿止不住顫抖。

工頭用力撐住顫顫巍巍的雙腿，咬緊牙關。他緊握拳頭，推開辦公室的門，發現有人正坐在自己的位子上。恐懼瞬間轉化為憤怒。為什麼聖誕老人那小子……不過，憤怒立刻就消失了。眼前的聖誕老人，頭顱正毫無支撐似的向下低垂。

他只是勉強留有一口氣，和以前的某人一樣苟延殘喘。究竟是怎麼回事？難道是這傢伙殺了所有人嗎？工頭沒能繼續思索。他剛走進房間就立刻停在原地，低頭看著自己的腰間。熱熱的、辣辣的，還有一點刺刺的。身上被打穿了一個燒灼後無法立即感知到疼痛的孔洞。

他神情恍惚，踉踉蹌蹌地將頭轉向一旁。如同多年前的大哥，小鬼頭手上的槍正瞄準著自己。率先映入眼簾的是黑漆漆的槍口，隨後則是小鬼頭的眼睛。他就那麼看著，終於在小鬼頭的眼睛中找到了答案。沉穩得嚇人的瞳孔中滿是肅殺之氣——是大哥。剛這麼一想，年輕人便扣動手指，工頭像個木塊般應聲倒下。

夏天過去，夜晚雖然涼快，但也不至於需要生火取暖。不過，吸管眼前的油桶躥起了通紅的火花。他像在等待某人似的，將角木一塊塊放進火堆，然後猛然站起身。

小鬼頭走到油桶前，默默脫下手套扔進火中。不僅如此，他把戴過的帽子、黑色的高領衣服、褲子、內褲與鞋襪，統統丟了進去，並撿起吸管帶來的舊衣服換上。吸管愣愣看著他的動作，開口問道。

「所有人都死了嗎？」

「除了聖誕老人和你之外。」

——把我弄走吧。

吸管屢次提出的請求成真了。不過，吸管自己也沒想像過這種未來，當初那麼說只是出於害怕。吸管從一開始就覺得他很可怕。雖然大家都認為工頭更可怕，但事實並非如此，因為他們不曾認真端詳小鬼頭的眼睛。看似平靜且沒有任何情緒波動，黝黑的瞳孔中卻埋藏著壓抑過後的悚然。吸管想起了先前和小鬼頭的對話。

「你和工頭是什麼關係？」

「我是來到這裡才第一次見到他。」

吸管老實回答了。在來到這裡之前，他真的不曾見過工頭。他一直都知道工頭非常關注自己，但他以為是其他原因所致，從未想過自己竟會成為逼瘋工頭的理由。工頭為什麼會對於自己隱瞞的祕密產生那麼大的反應？

「請幫我處理一下這個。」

吸管抬起頭來，看見小鬼頭正要轉身。直覺告訴他，小鬼頭要就此離開了，且絲毫不擔心該如何善後。直到事發幾天後，吸管才終於知道小鬼頭能瀟灑離去的原因。

案發現場用到的武器全是工頭的。唯一的倖存者聖誕老人意識不清，但也無需他的證詞。警察憑藉著吸管和工地主任的對話，就查出了他們過往的行徑，得出因內鬨而互相殘殺的結論。其中，工地主任的證詞尤為關鍵。

「聖誕老人說工頭瘋了……還說他會處理一切。他想阻止工頭，看來是失敗了。我真的作夢也沒想到工頭居然那麼瘋。」

警察調查了工頭的身分後，發現了一件事。他是多年前在鄉下小鎮的某起組織內鬥消失的嫌疑犯。同一個人，與兩起類似的事件有關。聖誕老人事後清醒了過來，但他卻像個精神失常的人，連一句話都說不出口。在工地發生的事故遭到建設公司施壓，最後快速結案。

建設公司明顯是想掩蓋即將成為地標的大樓曾經發生慘案的事實。警方當然也有問起幾天前消失的小鬼頭，但吸管只是淡淡說了句「他已經去遠方了」，警方便不再追問。儘管事件徹底落幕，吸管腦海中仍迴盪著最後與小鬼頭的對話。

「工頭到底為什麼會這樣？」

吸管向小鬼頭問道。

「因為他是人。」

什麼意思？他盯著小鬼頭，對方卻沒有多作解釋。不過，小鬼頭眼中浮現出淡淡的嘲諷。他似乎一眼就看穿隱藏在工頭心中的炸彈，無論那是不安、懦弱還是罪惡感，只要輕輕挑動，便能輕易引爆。無需什麼特別的原因，他也能輕易點燃將工頭徹底摧毀的導火線。可就算擁有洞悉一切的眼睛，一般人也難以付諸行動，這就是吸管覺得小鬼頭可怕的原因。

「為什麼要殺死所有人？」

吸管忍不住問了小鬼頭。但這個問題問錯了，應該要問「為什麼非要是這些人」才對。為什麼要來到這裡，又為什麼偏偏挑中了工頭一伙人？

「因為他們該死。」

小鬼頭再次轉身，而吸管也再次叫住他。這段時間，吸管一直覺得小鬼頭很可怕，總是對他敬而遠之。可不知為何，卻想在最後和他多說一些話。吸管急忙發問。

「你現在哭得出來了嗎？」

小鬼頭半轉過頭。

「不行。」

「沒關係，就、就算是這樣也沒關係。」

小鬼頭明明就不需要安慰，吸管卻用哄小孩的語氣安撫他。吸管第一次看見小鬼頭露出笑容，那笑容溫柔得令他困惑，不明白先前為何會覺得小鬼頭可怕。

擁有黑髮黑瞳、在此處難得一見的東方青年回答。

「好的。」

鄭義哲再次見到他，是放完長假回去上學的時候。他聽說韓國學生會舉辦了一場聚會，到場後意外發現尹傑伊也在。尹傑伊先前都和白人混在一起，幾乎沒有出席過韓國學生的聚會，此刻他卻在現場和大家有說有笑，像是本來就熟識的朋友。

「他整個人散發的感覺變了很多吧？」

身後傳來同學的聲音。那是之前在圖書館前聊到尹傑伊的同學。

「他放假的時候遇到什麼事了嗎？感覺好像變了個人。聽說他學期一結束就銷聲匿跡，直到今天之前，根本沒人聯絡得到他。」

「一定是在不錯的度假勝地玩瘋了，才會失聯吧。你看，他皮膚都黑了。」

「嗯，他好像曬黑了一點，但我還是感覺他變得不一樣了。該說是變圓滑了嗎？以前總是有稜有角的。」

變得圓滑？在和別人交談的過程中，鄭義哲也持續觀察著他。沒過多久就發現同學說的都是真的。他變得十分圓滑，明顯到每個人都能看出端倪，但這並不代表他的稜角已經徹底消失，只是隱藏得很好。從他看人的眼神、低沉的聲音和面無表情的時候，幾乎看不出他身上的稜角。他像是花了幾個月的時間，找到了一柄與自己的劍鋒完美契合的刀鞘。

「到底是去了多棒的度假勝地，能讓他改變那麼多？你先前說過他是環境造就的Psychopath吧？因為那傢伙一直都是菁英，我也有點贊同那種說法。他在學校只參與上流階層的聚會，像個一心追求成功的人，本以為他不會作出偏離正軌的決定。」

「偏離正軌？」

「你沒聽說嗎？他要休學了，今天特地來跟大家道別。」

什麼？鄭義哲皺起眉頭。休學？

「為什麼？」

「他有自己想經營的事業，但在學校學不到相關知識。」

「什麼事業？」

「我也不清楚詳情，好像是電影投資？」

電影？為什麼突然這樣？鄭義哲搞不懂。就和同學說的一樣，他很適合循著菁英路線，進入穩健的企業就職，一路平步青雲，待在上流階層。菁英追求的人生道路向來如此，握有財富與名譽，高高在上俯瞰眾人。還以為他會過著與自己截然不同、卻顯而易見的人生，但他居然為了追求理想事業而甘冒風險？真不像他，他絕對不可能那麼做。

「他放假的時候到底發生了什麼事？」

疑問不自覺地脫口而出，同學笑著回答。

「你不是說他去度假嗎？我突然開始好奇了。如果是我們要休學，應該會相當不安，他卻絲毫沒有顯露那種情緒。真羨慕他的自信，他怎麼有辦法變得更完美，並再次出現在我們面前？」

鄭義哲不發一語，轉身離開。同學說得沒錯，他變得更完美了，無論他現在做什麼，似乎都會成功。他從容的身影彷彿站在四通八達、可以通往任何想去的地方的道路中央，而自己卻侷促地佇立在單行道上，這讓鄭義哲感到慌張。早已擁有一切的他，即將連自己夢寐以求的人生都擁有了。一直刻意忽視的挫敗感化作更洶湧的波濤拍打襲來，掩藏不住的羨慕與嫉妒，徹底將鄭義哲拖入泥沼。

幾個月沒聯絡的兒子，某天忽然出現了。她因病情惡化而再次住院，注射完止痛藥就睡著了，醒來後才發現兒子坐在身邊。到底去了哪裡？為什麼聯絡不到人？都在做些什麼？儘管有許多嘮叨，她卻只說出一句話。

「你變醜了。」

他噗嗤一笑，放下看到一半的書。

「我休學了。」

「那就省下學費了耶。」

「我有自己想經營的事業，因為要去學習相關工作，傍晚就得離開。」

「有公司要收你嗎？」

「我寄了分析報告給一些公司，有兩間公司聯絡我。其中一間是韓國公司。」

「你休學只是為了成為上班族？」

「不是，我是要去當合伙人。」

著。

「……」

「我要先動用一些遺產，請妳在這裡簽名。」

他遞出文件。母親瞪了沒禮貌的兒子一眼後才拿起筆，無力的手臂在空中微微顫抖

「要是你花光遺產、變成窮光蛋，到時候我就有好戲看了。」

「我也很想逗妳開心，只可惜我沒那麼孝順。」

「你也知道啊。」

她咕噥完，兒子便拿走需要的文件，站了起來。他一向冷漠無情。她一開始曾試圖改變這點，最後卻以失敗告終；即使現在努力不再為此感到難過，卻同樣沒有成功。收拾好文件的兒子轉身離去前，低頭看了她一眼。

「我要很久以後才會回來，在妳看到我一敗塗地前，先不要死掉。」

病房再次變得空蕩。她看著兒子走出的那扇門露出微笑，又立刻變得面無表情。

他的母親又多活了兩年。雖然醫生預估只剩半年壽命，她卻撐過了幾倍的時間。這讓他不禁想到，或許母親活著只是為了自己，或許她直到人生的盡頭，仍期盼兒子能在她離世時流下淚水。

心懷這個願望撐過兩年，可惜直到她離世的那一刻，他仍未能實現母親的心願。奇蹟並沒有發生。最後，他在病房握住了她孱弱的手，卻感受不到任何悲傷或痛苦。母親露出理解一切的笑容，但人們只認為她直到人生的盡頭依然不失幽默。

「別殺人。」

她不曾問起兒子兩年前消失的那幾個月，不過，她可能已經察覺兒子做的事了。居

然說以後不可以殺人？或許該慶幸母親還能藉由遺言制裁自己。

那是一場平靜的葬禮，平靜到眾多親友的眼淚和慰問令人厭煩。他帶著母親的骨灰回到韓國，才終於能夠思考。自己怎麼就哭不出來呢？雖然可笑，他還是沒有對母親產生罪惡感。即便如此，心情還是糟透了。

他一氣之下找了母親認識的人打架，結果弄傷了自己的手，讓心情更糟了。他深夜走出飯店，漫無目的地在娛樂商圈散步時，與一群流氓發生了衝突。既然只要不殺人就好，那把人弄得半死不活總可以吧？

好不容易找到洩憤的對象，卻有隻兔子忽然跑來攪局。頭大大的可愛布偶裝撒出KTV傳單，身手俐落地處理掉他的對手。他一開始感到怒火中燒，決定狠狠折磨那隻兔子，沒想到那種情緒，卻因接下來聽到的問題而消失殆盡。

「男人你也可以嗎？」

在母親要求他持續閱讀、每週看電影、去流浪動物之家當志工，甚至是接受心理諮商時，他曾經問過：一定要嗎？沒有同理心很糟糕嗎？她回答：不糟糕。

「這只是我為人父母的期望。我希望你能夠和別人交流感情，並透過對方感受到激動、悲傷、喜悅，以及能夠歡笑的幸福。我從來不會制止你做什麼，就讓我奢求這一次吧。」

她的遺願、她無法實現的奢求，在意想不到的地方實現了。每當跨坐在他身上的那小子抬腰起伏，臉上的絨毛也會隨之晃動。戴著頭套的那小子正在哭泣，隱隱的啜泣聲不斷自頭套下傳來。不知是淚水還是汗水，水珠在頭套裡滴滴答答滾落。

因為一時衝動與陌生人上床，還要一邊看著對方哭泣的情況真的非常搞笑。然而，他沒有笑，他笑不出來。小小的奇蹟就這樣發生了。他從未如此深切地感受到別人的悲傷。被痛苦性愛摧殘而哭泣的那小子散發的悲傷，令他內心也忍不住跟著一片酸澀。

嶄新的體驗不如母親預期般幸福，甚至還糟糕透頂，但也不是一無所獲。他抓緊對方的腰，更用力往上頂。他想繼續聽對方的哭聲，想聽對方笑，也想看對方釋放其他情緒——他想占有這小子。

那時他心想，一定要把這小子帶回美國。或許是想得太過簡單，因為一次意想不到的反擊，讓那小子從眼前溜走了。即便再次走遍娛樂商圈的街道，人卻已經消失無蹤。不過，他沒有放棄。五年後，他坐上返回韓國的班機。費了一番功夫才把他請回韓國的夢想社長喝著紅酒，一邊問道。

「先前一直沒問你，為什麼決定回韓國？」

「我想找到一個人。」

「誰？」

「兔子。」

「什麼？什麼兔子？」

「歐讚啦。」

社長盯著他的眼神充滿懷疑，心想這小子是不是上飛機前，就在貴賓室喝醉了。

「你只知道歐讚啦三個字，到底要怎麼找？」

其實還知道其他線索。布偶裝底下露出的精瘦身材、腰椎下方的幼稚刺青、從頭套底下傳出的低沉嗓音、夾著他的性器扭腰起伏的動作，全都宛如昨日般歷歷在目。不過，因為他而心痛的感覺，如今已變得模糊。雖然大腦還記得，心臟卻再次陷入死寂。

「為什麼要找這個人？是你的初戀嗎？」

他的回答，隱沒在飛機降落時轟鳴的引擎聲中。

——或許是吧。

◆◆◆

演藝圈忽然爆出了一顆震撼彈。根據報導形容，這是核爆級別超級震撼彈。多虧如此，申製作人的瘋狂節目與藝人的緋聞或戀愛相關報導全都被蓋過去了。韓莉燕喜歡在做愛時喝尿的事實，影響力就是如此之大。

而且報導還描述她因此不讓前夫吃藥，導致兩任前夫的死亡。她提倡以自然療法戰勝疾病，竟然全是為了喝尿？人們大為震驚，也引起了全國民眾熱議。韓莉燕的團隊一開始透過各家媒體發布反駁聲明，但在韓莉燕的舊情人崔泰日接受訪問後，情況便徹底逆轉。

儘管現在鬧得沸沸揚揚，這件事不出幾個月後就會遭到人們淡忘了吧。或許韓莉燕認為只要撐過這幾個月，風波就會平息，但她忽略了一件事——無法忘卻的記憶才是痛苦的元凶。羞恥、憤怒、恐懼和罪惡感，不管是什麼都無所謂，因為她現在才準備付出真正的代價。

算了，就算沒有這件事，她接下來也還有漫長的官司要打，一定苦不堪言吧。如今在新聞報導或電視節目上，已經看不到蔡度相的名字了。即便在即將上映的電影飾演主要配角，剛開跑的電影宣傳活動也沒有列出他的名字。

據漢洙聽到的傳聞，他又銷聲匿跡了，而經紀公司也決定撒手不管。他大概不會再回到演藝圈了吧。即使回來了，也會一遭遇一些小挫折就再次逃跑。K娛樂公司的電影已經開始大規模宣傳，到處都是他們的廣告。預告片在電視上隨處可見，某個影評人稱之為年度最佳韓國電影的評價，也連續幾天登上新聞報導。

不過，人們真正關注的焦點，是上映日期僅和K娛樂公司的電影相差一天的國外電影——漢洙和趙賢引頸期盼的、演員梅西參與的電影，也就是神經病投資的那部。K娛樂公司雖然直到最後一刻都在傾力宣傳，但以結果來說，他們可謂是一敗塗地。

票房淒慘到連製作成本的十分之一都無法回收，公司也遭受嚴重打擊，搖搖欲墜。現在適合惡棍結局的，還有鄭義哲一個，但我不知道他究竟下場如何。最後一次見到他，是在飯店的電梯前面。

「放假那幾個月的經歷，讓我意識到一件非常重要的事。我現在之所以能成功、能去愛一個人，全都是託你的福，你真的是我的大恩人。」

「你經歷了什麼？」

神經病說了一段英語。

「你自己去確認吧。」

對話就這麼結束了。鄭義哲表情僵硬地離去，我問神經病他究竟說了些什麼。

「地址和名字。」

「誰的？」

「絕對不敢背叛我的人。」

「什麼啦？」

我無言地說完，神經病笑了。

「無所謂，反正那小子已經被我徹底輾壓，再也沒辦法說你性感了，這點比較重要。」

那只是鄭義哲為了消遣我才說的。本想這樣反駁，我卻更介意他說的「再也沒辦法」這幾個字。

「為什麼沒辦法？」

「你為什麼想聽到？」

誰說想聽到了？我就是太不會問問題了。神經病後來又懷疑了我幾次，才終於收起眼裡的殺氣。瘋子。鄭義哲真笨，不管這小子在哪裡領悟了什麼，都一樣是神經病啊。

但我還是很好奇。

「你領悟到什麼事？」

「我不管到哪裡都是神經病。」

「這是理所當然的事情，哪算什麼領悟？」

「你到哪裡都心懷罪惡感，卻很晚才發現啊。」

我啞口無言。不過，小小的領悟似乎真的會改變一個人的人生，雖然環境改變人生的情況更普遍就是了。我現在讀的劇本，寫的就是這種非常淒慘的人生。劇中描述兩個人相隔四十年發生的故事。不同的兩個角色同樣被腐敗的社會踐踏，進而失去一切，而他們之間的差異，僅是時代背景不同。

四十年前的那個人試圖改變社會，卻被拖到某處拷問，遍體鱗傷地被關進精神病院；身處現代的那個人卻並沒有想要改變社會的念頭。他原本素行不良，卻被捲入一起陰謀，即使訴說委屈，也沒人對他的遭遇給予同情或關注——除了一個人以外。

後來，兩人終於見面，一同展開某種行動。劇本描繪了兩次背叛和殺人的情節，並在結局揭曉另一個人是如何用橫跨四十年的計畫推翻世界，改變許多人的人生。我一鼓作氣讀完劇本，且因劇情緊張，甚至不自覺握緊了拳頭，直到最後才終於放鬆下來。

「這到底是誰寫的？」

「你想演嗎？」

「就算只是龍套也可以，讓我去試鏡吧。」

我真的非常想參演這部電影，假如當不了演員，也想在旁邊幫忙舉反光板。聽說演員最挫折的時刻，就是拿不到想要演出的作品的角色，這就是我現在的心情。即使只是飾演路邊的小混混，我也想參與其中。

「先別試鏡，我會讓你和導演跟飾演主角的演員見一面。」

連飾演主角的演員也要？

「到時候可能要喝點酒。因為飾演主角的演員很愛喝酒，你至少要陪喝一杯。起來吧，我們出發。」

「什麼？現在？立刻出發？」

「不想嗎？」

我趕緊站起身，但還是一頭霧水。

「飾演主角的演員是誰？」

「你為什麼想知道？」

「只是好奇是什麼樣的人來詮釋這個角色。」

他緊盯著我看了片刻。到底是怎麼了？

「對方已經結婚了，你死心吧。」

「……喂。」

這一次，我因憤怒而握緊了拳頭。

「你到底把我當成什麼了？社長的想法不合常理，做得過火也就算了，你為什麼不相信我？」

「電影的事情就當作我沒說過。」

「……你就繼續懷疑我、監視我吧，幹。」

神經病這才滿意地轉身。我沒鬆開握緊的拳頭，氣呼呼地跟在他身後。不過，我們還沒開門，門就先被人打開了。在這段期間從那扇門走進來的人當中，這個人最令我驚訝。

夢想社長用命令口吻說完，便走到我們面前。

「如果你們準備出門，就和對方約晚一點。」

「這場飯局沒辦法延後。」

「晚點再去就好，我已經和具演員的經紀人說過你會晚點到了。」

看來今天要見到的演員姓具。我只認識一個姓具的演員，畢竟這個姓氏不太常見，我甚至連他的名字都記得。他在國外得過幾次獎，不僅演技超絕，也是現在最厲害的票房保證。該不會是他吧？聽說他是演藝圈數一數二難見到的人。

「你上次為了見具演員，到他們辦公室等了好幾個小時，這次就讓他們等十到二十分鐘吧，坐下。」

神經病又坐了回去。我覺得自己需要迴避，於是準備離開，他卻拉住了我的手。

「你也坐下。」

我瞄了社長一眼，看見他露出苦笑。

「對，你坐吧。你已經苦口婆心給過我忠告了，希望你這次站在我這邊。」

你有聽進忠告，我才會站在你那邊。

「你該不會在心裡罵我沒聽忠告吧？」

我心虛地坐下。

「尹理事，你告訴他我做了哪些事。」

「我不是理事了。」

「不然要叫你尹混蛋嗎？」

社長這個提議很不錯。

「不要，李泰民會心痛。」

說什麼鬼話？我正覺得心花怒放耶。不過，我沒能說出口。因為神經病已經悄悄把手放在旁邊的劇本上，看著我笑了。竟然抓了劇本當人質。哇，尹混蛋。

「是的，我會心痛。」

勉為其難開口後，神經病放開了被當成人質的劇本。這小子最好趕快辭掉現場經紀人的工作，要是繼續和他一起工作，我真的會心臟病發。幸好社長似乎就是來解決這個問題的。

「如果不想當尹混蛋，你就回來當理事啊。」

「還有另一個更簡單的方法，就是社長直呼我的名字，叫我尹傑伊就好。」

「不要。」

我找到靈魂之友了。今天是我對夢想社長改觀的一天。

「你答應我的兩個月早就過了。反正韓莉燕只是表面上的藉口，是因為你之前就吵著要放假，我才無奈為你騰出時間，但你為什麼現在還不回來？這間公司也等於是你的公司，你都當上第二大股東了，就算公司變得亂七八糟，你也無所謂嗎？」

第二大股東？這是先前聽幹部說過的話。我瞄了神經病一眼，而他讀出了我的想法，簡短地回答。

「我捐出財產後，買回了基金會持有的夢想股份。」

「全部？」

「假如全部買回去，尹混蛋就要變成最大股東了，我可不容許這種事發生。」

社長忍不住插嘴。我對社長越看越滿意，但他似乎對於當時的事越想越生氣，眼睛用力一瞪。

「你過去的種種混帳行徑就算了，既然我早就答應了李泰民提出的所有要求，那你就應該遵守約定回來。」

「我提出的要求？」

我好奇地插嘴，夢想社長卻對著神經病繼續說。

「公司裡不信任你能力的那些人，經過這起事件後，已經對你心服口服了。你同時讓Ｋ娛樂公司和韓莉燕遭受重創，根本就是業界傳奇，簡直可以翻拍成電影了。雖然我們的電影延到明年上映，但也確定會依照你原本的建議重拍後半部。你只需要踏著紅毯，以英雄之姿回到公司。這樣已經夠了吧？回來吧，你已經休息很久了。」

「我不是在休息。」

「你拿現場經紀人當藉口賴在愛人身邊，不是休息是什麼？」

「如果我真的有休息，夢想就會被徹底推翻，換新的社長上位。」

夢想社長露出無言的笑容。

「我請你回來的時候，有人曾經勸我，越年輕、越聰明、越有執行力的人，越會想往頭頂上爬，所以要我小心一點，免得被你從背後捅一刀。大家會這麼說，是他們根本不了解你。你絕對不會從背後捅人一刀，只會當面捅下去。只有那些看不清現實、瞎了眼的傢伙才會這樣瞎扯。如果想推翻我，就正大光明放馬過來。你想繼續休息的話，我再給你一個月的時間，不能更多了。」

「我不要回去當夢想的理事。」

「為什麼！」

神經病抬起頭，社長也抬頭看著猛然站起來的我，露出「你幹嘛大叫」的傻眼目光，讓我感到十分無地自容。我平復了激動的情緒後，再次坐下。社長露出奇怪的眼神看了我一眼，又問神經病。

「如果你不回來當理事，是要回來當社長嗎？現在還不行。」

「我也不要回去當社長。」

「那你到底想當什麼？」

我也很好奇。由於太認真傾聽，忍不住將頭靠了過去，導致神經病又轉過頭來看我。

他噗嗤一笑，露出令人不爽的笑容。

「如果不是當李泰民的現場經紀人，我就不回去。」

「什麼！」

我再次激動地大喊。夢想社長皺起眉頭，似乎不太滿意我再次插嘴。

「你不要插……」

「請社長先不要說話。你到底要當我的現場經紀人當到什麼時候？」

「你再問一次。」

「你沒聽到嗎？我問你到底要當我的現場經紀人當到什麼時候？」

「沒聽到，你再問一次。」

「你到底……」

直到這時，我才注意到他的眼睛，然後默默閉嘴。

「我沒想過要當你的現場經紀人到什麼時候，不過既然你這樣問了，我想當一輩子耶。」

神經病看著社長，露出微笑。

「我想一輩子當李泰民的現場經紀人。」

我頓時陷入絕望，同時承受著夢想社長憤怒的目光。

「你怎麼那麼白目？」

就是說啊，我才是李混蛋。

神經病說的那個飾演主角的演員，真的是我知道的知名具姓演員。但由於早就猜到了，我並沒有非常驚訝，也不會聽說他很有名就感到懼怕。真正令我驚訝的是另一個人。

「李泰民先生真的很受小朋友歡迎耶，聽說他們現在還會提到跳繩叔叔。」

在幼稚園拍攝兒童節目的女製作人，正坐在具演員對面。

「製作人怎麼在這裡？」

「你沒聽說嗎？今天要讓主角群的演員互相認識，身為導演，我當然要來囉。」

導演？這到底是什麼意思？我望向神經病，他卻只叫我坐下，和其他人打招呼。幼稚園節目的製作人見狀忍不住噗嗤一笑。

「原來你不知道我是導演啊。也對，這是我第一次執導劇情片。」

「金導演雖然是第一次執導劇情片，但她在紀錄片領域非常有名，還拿過一堆獎項。因為這樣，我從以前就常常聽到金導演的名字。」

具演員給予讚美，金導演卻露出苦笑。

「獎項只能放進履歷當裝飾，揭發社會問題的紀錄片在業界又吃不開。」

「那又怎樣？這次我就被打動了啊。」

此番言論雖然像在說笑，但知道他地位的人，都不可能當成玩笑。我瞄了一眼，發現金導演也露出先前沒看過的笑容。

「我也要打動李泰民先生才行。跟我共事的感想如何？」

人們的目光聚集到我身上。我還沒搞清楚狀況，也搞不懂自己為何會待在導演和一群大咖演員之間，明明說這是主角群演員和導演的聚會。但導演顯然還在等待我的答案，我便先開口了。

「還不到被打動的程度。」

眾人哄堂大笑。為什麼要笑？我很認真耶。

「我很欣賞你，喝一杯吧。」

具演員在我的酒杯裡倒了酒。我想起神經病要我喝一杯的忠告，將杯子拿到嘴邊沾了一口，就放回桌上。

「嗯？你不能喝酒嗎？和我一起工作的這幾個月，每天都要喝酒耶？」

「一起工作？」

「哎呀，看來金導演真的沒有打動你。金導演，怎麼辦？他不想和妳一起工作耶。」

其他人又哈哈大笑，好像只有我一個人是笨蛋。我看向神經病，他卻正在和具演員的經紀人交談。

「這不是我能決定的吧，我連試鏡都還沒參加。」

「試鏡？你已經參加了啊，所以才會被選中。」

「被選中？我嗎？」

「嗯，你是主角。」

她突然抛出一顆震撼彈，就繼續和具演員喝酒了。他們兩個都很能喝，根本沒有我插嘴的餘地。此時此刻，我只想趕快把神經病拉到一邊，問清楚來龍去脈，但兩個愛酒人士卻不肯放他走。

「真希望可以照著劇本拍，但過去的劇情會惹某個高層不開心。他一定會施壓，該怎麼辦才好？」

我不知道具演員為什麼要問神經病這個問題，卻見神經病泰然自若地回答。

「要事先向高層強調，角色不是他以為的那個人。就算他在電影推出後說『明明就是』，也要再次發出否認聲明。不管別人怎麼說，金導演只要把角色拍得像那個人就好。」

「沒問題，我的專業就是如實呈現，但這樣會害到投資人吧？」

「反正是美國投資的，隨他們去吧。」

「喔，我們的電影會變成好萊塢電影嗎？」

具演員好像很高興，再次拿起酒猛灌。我好像隱約理解狀況了。神經病一定就是那個投資人，而我沒有經過正式試鏡，就被選為主角。在逐漸酒酣耳熱的氣氛中，只有我被澆了一頭冷水。

酒吧旁邊的巷弄景象，就算再過一百年也不會改變吧。即使清理得再怎麼乾淨，還是洗刷不掉濃濃的酒味。光是站在這裡，就有一種喝醉的感覺。不對，是剛才在裡面的燒酒狂歡派對，讓我感覺自己整個人被泡進酒裡。當然，依照我現在的狀態，就算掉進酒缸也不會醉。

「要不要去公園走走？」

聽見身後傳來金導演的聲音，我從樓梯上站起身。酒喝多了，金導演自然地改口對我說半語。我反問了句「公園？」後，見她嘴裡叼起一根菸。

「這裡是吸菸區，可是你不抽菸啊。出家人比較適合待在公園。」

我開始對「出家人」三個字不爽了，也深信對方是為了消遣我才這樣稱呼。

「對出家人來說，公園也嫌奢侈，待在致癌物旁邊比較適合。」

她拿開嘴裡的香菸，噗嗤一笑。

「你現在心情很差吧？因為自己成了尹理事投資的電影主角，你認為導演選擇你只是為了錢，因此感到自尊心受創，對不對？」

「……」

「你問吧，在我抽完這根菸之前，可以對你有問必答。」

我看著迅速燃燒的香菸，似乎只有一、兩次提問的機會耶？

「為什麼決定拍劇情片？」

「不問我為什麼選中演技還不怎麼樣的你嗎？」

「就像我說的，我還沒被導演打動。」

「哈哈，真有趣。我決定拍劇情片的原因很簡單，因為人們都不看我的電影。我專注提倡自己想挖掘的議題十幾年，還獲得一堆獎項肯定，卻沒人願意關注。所以我決定拍人們會看的電影，而且還要拍得精彩絕倫、非常好看，讓大家不得不看。雖然劇情是虛構的，但我會把它拍得比任何故事都更真實。這一點，我比任何人都有自信。不過，最大的原因是我必須討生活，也得養大我的孩子。」

她拿起幾乎要燒完的香菸。

「你還可以再問一個問題。」

「……」

「菸要熄了。」

「為什麼是我？」

「因為你是天生的幸運兒？」

「導演喝醉就會胡言亂語嗎？」

「不會，我喝醉會直接睡著。」

我露出狐疑的眼神看向她，而她噗嗤一笑。

「我是說真的，你被選中真的是因為幸運。我說過吧？我是紀錄片導演，就算要拍劇情片，我腦中描繪的場景也需要精湛的演技來詮釋。正是這個緣故，我見過所有號稱演技不錯的演技派演員、舞臺劇演員以及無名演員，和他們一一見面討論、親眼確認。後來，我發現根本找不到適合的人選，決定稍微放低演技標準。可是，即使放眼整個演藝圈，也沒有任何一個人的過往經歷符合我的條件。」

「什麼條件？」

「你讀過劇本了吧？年輕的主角曾經誤入歧途，後來才因為自己的遭遇，開始為社會奮鬥。他之所以改變，並不是受了委屈。如果是委屈，他不可能以沉穩的心態奮戰。那應該是一種更深層、更令人窒息的原因，譬如罪惡感之類的。」

「……」

「我不是要找到改過遷善、改邪歸正的人，而是需要一個背負罪惡感生活的人。如果我沒拍過紀錄片，絕對不會選你。」

「拍攝幼稚園節目，就是我的試鏡嗎？」

「沒錯。坦白說，我真的嚇了一跳，我完全沒想過能找到理想中的人選。但透過攝影機，才發現自己的堅持並沒有白費。雖然電影是虛構的，但人們看見你之後，就會信以為真了。好了，提問時間結束。」

她用指尖揉了揉燒完的菸頭，丟進附近的垃圾桶。與此同時，神經病從後門走了出來。她像終於等到時機似的，把我交給神經病。

「只能放縱到今天喔，明天就要開始緊鑼密鼓地排戲了。」

「其他我不敢保證，但我可以讓他熟背臺詞。」

神經病對我笑了。我不禁回想起為了對決而背劇本的過程，瞬間板起一張臭臉。他該不會每次背劇本的時候都要做那種事吧？

「對了，有人寫了信給李泰民先生。」

金導演準備走進去時，又忽然想起什麼似的補充說道。

「信？」

「我說過你在幼稚園很受歡迎吧？有個叫尚恩的孩子寫了親筆信給你。信件寄到電視臺，被送到我們這組。等開始拍攝後，我再拿來給你。」

「尚恩？」

「不記得了嗎？就是那個……」

在金導演回想時，一旁傳來解說。

「說他爺爺遭到朋友背叛而病倒的那個孩子。」

喔，他啊。咦？他為什麼要寫信給我？我記得他對我鬧彆扭，連跳繩都不太情願，所以我只有最後揹著他跳了一跳二迴旋。

「尚恩說他超級喜歡李泰民哥哥，還在信裡寫他愛你，哈哈！」

她不知道在開心什麼，大笑著離場。導演一定是醉了吧。

「導演說，到幼稚園拍攝就是我的試鏡，你為什麼不提前告訴我？」

「你還記得尚恩嗎？」

「不就是那個爺爺病倒的、話很多的小孩嗎？」

「沒想到你和那個小鬼那麼熟了。」

「熟個屁啊，就只去拍攝過一次而已。」

「他說他愛你耶。」

什麼鬼話……我感到十分無言，本想直接回嘴，但看見他笑咪咪的表情又忍了回去。他的眼睛裡沒有任何笑意。又怎麼了？這小子為什麼要鬧彆扭？因為幼稚園小孩說我是他心愛的哥哥？

「是他隨隨便便就把愛說出口，誰會理那種小孩子啊？」

「他十年後就不是小孩了。」

「他十年後的人生關我什麼事？」

「誰知道？說不定他十年後依然說你是他心愛的哥哥。」

什麼？我一臉凝重地瞪著神經病。這傢伙也醉了嗎？明明身為現場經紀人，卻因為我不喝酒就叫我自己開車，還把我面前的酒全部喝光，看來是喝醉了吧？

「你醉了嗎？」

「我不會只喝兩瓶燒酒就醉。」

那為什麼眼裡的狂氣比平常還……嚇！他突然把我推到牆邊。好痛。我的肩胛骨撞在堅硬的水泥牆上。

「是我太大意了，果然應該監視你身邊所有男人和九十八歲以下的女人才對。」

瘋子，居然要監視所有男人和九十八歲以下的女人……咦？九十八歲？我好像在哪裡聽過這個數字。不過，我顯然已經沒有心力回想了。神經病把我壓在牆上，解開了褲頭的皮帶。他的性器已經硬了。

「走開！你這瘋……呃！」

他將手伸進我的褲襠，用力握住我的性器。

「要在這裡做，還是去車上？」

「你這個瘋子……」

「好，我也比較喜歡這裡。」

「……你還是去車上發神經吧，幹。」

我咬牙瞪著喝完酒後力氣變得更大的他，而他嘴角的弧度反而更明顯了。

「發神經是我的專長。要不我們直接走進去，在大家面前開幹？我有時候真的很想這麼做耶。」

「你要發神經就自己發，別把我扯進去。」

「自己一個人又不好玩。而且我也不想自己發神經，最後丟了寶貴的現場經紀人工作。」

拜託你丟掉這份工作吧，尹混蛋。我努力忍住心聲，隨意地開口。

「那又怎樣？大不了我們一起去沙漠。」

壓制我的力量瞬間消失。是我的錯覺嗎？原以為早已喝醉的他，眼神倏然變得溫柔。

「沙漠？」

「對，你之前不是說要帶我去嗎？就算不是因為罪惡感，你這輩子總會有想走進沙漠的時候吧？」

「……」

「不准說沒有，你一定也經歷過困難。」

「所以呢？」

「我陪你去。」

我沒有聽見回答。他把我推到牆上，卻沒有繼續施力，也沒有繼續逼近，只是靜靜凝視著我。我等了一會兒才問他「你在幹嘛」。他依舊沒有回答，只是將我擁入懷中。這次的擁抱也溫柔得讓我以為是自己的錯覺。我不自覺地伸出手，輕輕撫摸著他的後背，總覺得自己應該這麼做。儘管沒有淚水和聲音，我卻產生了一種他正在哭泣的錯覺。

我的心臟是這樣告訴我的。

◆◆◆

那是個村民寥寥無幾的村莊。在已然成為廢墟、彷彿有鬼魂出沒的村莊行進了一段距離，才終於找到有人居住的地方。儘管有人居住，這裡卻比村莊還要安靜淒涼。堆積如山的廢鐵和垃圾散發著陣陣酸臭和一股阻止外人靠近的陰森氣息。在太陽快要下山的傍晚，一臺車停在了這裡。從高級轎車上走下來的東方男人左顧右盼，找到了某個人，並走到唯一的屋子的門口。不過，他無法繼續前進。

砰！

一聲槍響傳來。東方男人嚇了一跳，高舉雙手。

「離開我的土地！」

一道嘶啞的聲音下令。東方男人瑟縮了一下，還是用彬彬有禮的語氣開口。

「我來找一個叫聖誕老人的人。」

沒有任何回應。東方男人直覺地意識到，對方就是聖誕老人。

「我有事情要請教聖誕老人，會提供豐厚的謝禮。」

說完後，他小心翼翼從口袋抽出已經裝好錢的信封，展示給對方看。片刻過後，在屋內拿著長槍的年邁老人一跛一跛地走了出來。那個男人矮小又瘦弱，看起來隨時都可能離開人世。

「你找聖誕老人幹嘛？」

「你就是聖誕老人嗎？」

「是我先問你的！」

喀啦。他再次將子彈上膛，東方男人卻噗嗤一笑，將手塞回口袋。聖誕老人以為他要掏槍，忍不住瑟縮了一下。這個人究竟帶給尹傑伊什麼領悟？東方男人感到納悶的同時，遞出自己從口袋取出的照片。

「我想聽聽這個人的故事，請把你知道的一切都告訴我。」

「你放到地上，退後。」

聖誕老人在照片被擺到地上後仍沒有放下戒心，而是一跛一跛地走過去拿起照片。不過，直到最後一刻，他仍緊盯著對方，深怕男人對自己不利。他認為對方已經退到安全的位置，隨後才低頭瞟了照片一眼。東方男人仔細觀察著聖誕老人的一舉一動。他屏息凝視，發現聖誕老人臉上的血色瞬間消失，恐懼從眼底浮現。果然，一定發生過什麼事。

「只要告訴我，你們之間發生過什麼……」

他未竟的話語被另一種聲響淹沒，徹底消失。

砰！砰！砰！

從聖誕老人顫抖的手中發射的子彈，貫穿了脆弱的軀體，東方男人隨即倒下。

太陽從山頭跌落，夜幕降臨了一段時間後，一臺老舊卡車駛入了垃圾場。吸管走下載著廢鐵的卡車，卻倏然愣住了。黑暗中，有人倒在地上，而聖誕老人正癱坐在那人面前，渾身發抖。

「我一句話也沒說，一句話也沒透露，我沒有背叛你。」

聖誕老人反覆咕噥著同一句話。吸管呆愣了好一陣子，才拾起掉落在附近的照片。沒有人告訴他為何有個陌生的東方人死在這裡、聖誕老人又為什麼失魂落魄，但這張照片足以說明一切。沉默好一段時間的他，在月光的映照下，展開自己多年前熟悉的工作。分屍、粉碎，再碾平。曾經來到這裡的那個人，在太陽再次升起前，已經徹底粉身碎骨，被埋藏在水泥之下。

——《PAYBACK 04・下》完

A Slice of Life.

A SLICE OF LIFE.

經紀人的一天，比自己帶的藝人還忙。要早起鞭策需要鍛鍊身材的李泰民，勸他去爬山。自己則開車前往，以保留體力監視他。

爬到山頂附近後，盯著李泰民做完伏地挺身、蛙跳和跳繩，其間就來享用事先準備好的三明治和新鮮果汁。至於藝人，因為要保持體態，只能給他喝健康飲品，也就是俗稱的穀物飲。等早上的例行公事結束，就要前往打理外表了。

畢竟他的人氣遠高於其他經紀人，每週都要保養皮膚、護髮和按摩兩到三次。要是自己更受歡迎，李泰民的知名度也將跟著提升，而且和太太一起保養也能增進夫妻感情，可謂一舉兩得。

至於李泰民，因為目前收入不多，只能每週讓他敷一次面膜，而且還是趁路邊藥妝店促銷時囤的千元面膜。在經紀人打理完外表，準備返回辦公室的路上，因為電梯前已經有一群客人要前往商店街三樓的大型親子咖啡廳，他決定搭乘另一臺電梯。

在大樓最深處按下貨梯按鈕後，剛從地下室升上來的電梯立刻停住。裡頭已經載滿了拍攝器材，而眾人看見經紀人之後，紛紛點頭向他問好並讓出位置。

「經紀人，好久不見。」

「好久不見，金製作人。你看起來滿面春風耶！」

被經紀人這麼一問，金製作人瞬間滿臉通紅。聽說他最近開始談戀愛了，可能光是想到就覺得幸福吧。經紀人也見過他的戀愛對象，是個清秀漂亮的小姐。因為是廣播電臺主持人，聲音也很好聽。

「聽說李泰民先生開始拍電影了，是具演員演出的那部吧？傳聞都說劇本非常厲害。」

「是這個月才開始拍的，具演員先到外地拍攝，泰民目前還不忙，今天也是下午才要過去。」

他們天南地北地閒聊著，電梯終於抵達五樓了。門一打開，發現有個人正站在電梯前方，剛好就是兩人正在談論的李泰民。李泰民看見電梯裡的人，驚訝地瞪大雙眼。

「金製作人怎麼在這裡？」

他認出那是前陣子在有線電視臺的對決節目、主要負責跟拍他的製作人後，感到十分訝異。

「是來拍我的嗎？我今天不是要到外地拍電影？」

「對，你今天的行程只有到外地拍電影，別自作多情以為電視臺的人都是來見你的。還是你有想見到的對象？」

經紀人用他低沉渾厚的嗓音，語帶警告地詢問。就是不能對這小子掉以輕心。明明身旁已經有個完美情人了，卻總是虎視眈眈鎖定劈腿機會。經紀人無法原諒李泰民。這小子的完美情人善良且溫柔，還善心大發地讓他繼續工作、持續關照他。不僅如此，甚至還溫暖地將他帶回家中照顧。經紀人起初表示反對，但在李泰民向他承諾一件事後，姑且同意讓他住進自己的姪子家。不過，經紀人認為最多只能做到這樣，因為自己並不是佛祖。

「我沒有想見到的對象，也沒有自作多情，是看到金製作人的團隊帶著器材過來，才好奇詢問一下。」

雖然李泰民感到好奇，金製作人和他的團隊卻只用眼神向他致意，沒說任何一句話就走掉了。平時再三叮嚀大家果然是值得的。儘管必須翻開魔法手冊，但大家不是已經明確表達出對李泰民絲毫不感興趣的態度了嘛？

「他們剛結束拍攝回到自己的辦公室，你好奇什麼？」

「自己的辦公室？什麼意思？」

占據五樓幾間辦公室的SIN製作的門被打開後，李泰民就沒有繼續追問了。

「那是他們的辦公室嗎？」

「你為什麼這麼好奇？裡面有你感興趣的對象嗎？」

真是不能對這小子掉以輕心。李泰民再次轉移目光。他每次都露出無言的眼神，搞得經紀人更無言了。「賊喊捉賊」就是用來形容李泰民的吧？

「只是覺很奇怪，我們明明共用同一層樓的辦公室，卻從來沒有遇見過。」

「因為他們只搭貨梯，才沒有遇到吧。對了，你從來沒搭過貨梯，為什麼突然站在貨梯前面？還偏偏是他們上來的時候？」

「電梯一直卡在三樓，我以為故障了。話說回來，我不能搭貨梯嗎？經紀人自己不是也搭了嗎？」

「我是因為——」

正準備回答時，SIN製作的門又被打開，一個員工跑了出來。

「經紀人，我們辦公室有幾盞燈怪怪的，已經通知過管理員了，可是還沒有人來修。」

「這樣啊？我馬上聯絡。」

「謝謝。對了，申製作人要我轉達，這個月一定會準時交租金。」

員工離開後，立刻聽見李泰民提問。

「社長，難道你是他們辦公室的房東嗎？」

經紀人對自己帶的藝人非常失望。居然連這種事都不知道？他聽說藝人都瞧不起自己的經紀人，只把經紀人當成僕人，卻沒想過藝人居然這麼不關心自己。

「你在我的大樓吃喝拉撒，卻不知道這件事？」

「你的……大樓？」

李泰民眼中流露出十足的震驚。

看來是瞧不起他只有一棟小小的商業大樓。也對，自己的財富和傑伊相比，的確不值得一提，但這是白手起家累積的財富。他對此非常自豪。

「你可能覺得名下有好幾棟大樓沒什麼，但對我來說非常珍貴。」

「好幾……棟？」

「至少我為了幫助傑伊而出錢投資DRI媒體時，是以大股東的身分參與的，也有努力收購夢想的股份。所以說，你也要趕快提高身價，想辦法提高傑伊的地位，不要成天只想劈腿。」

那小子又露出無言的眼神了。是死也不願意停止劈腿嗎？經紀人再次堅定決心，絕對不能讓他有劈腿的機會。這次拍攝電影的劇組人員，在經過一番收買與恐嚇後，應該徹底明白了自己的意思。今天會在片場出現的新面孔也已經確認好，並事先調查過所有危險人物了。

多虧如此，下午到外地拍電影的過程中，並沒有發生任何不光彩的事。當然，經紀人和造型師忙著到當地的觀光景點遊覽、拍照和品嘗美食，現場氣氛是由留在片場的現場經紀人轉述的。

「他簡直就是邊緣人。」

姪子的語氣流露出滿足。這小子就是心太軟了。經紀人倏然眼睛一亮。

「要讓他變成超級邊緣人嗎？」

「還是要保有少量交際，之後爭取角色比較有利。」

「也對，畢竟工作還是要做。不是啊，他一定要工作嗎？」

經紀人認真提問後，姪子猶豫了一下，最終搖了搖頭。

「還是要讓他有喘息的空間。」

真是活佛。經紀人被姪子的大度行為感動到泛淚，大口咬下在旅遊服務站附近買的當地特產蒜香麵包。在那之後又大啖了各種名產，才結束了這天的拍攝。因為隔天的拍攝也會在這裡進行，他把李泰民送到其他工作人員集體投宿的旅館後，返回了自己的住宿地點。

他在飯店的高級套房享受泡泡浴，同時不忘查看旅館的監視器，監視李泰民是否劈腿。即使在休息時間也要照顧自己帶的藝人，這種犧牲奉獻的經紀人生活曾令他短暫懷疑，可他後來獲得了更大的成就感。他發誓要盡到經紀人的職責，讓李泰民一輩子都無法劈腿，便躺上柔軟的床鋪，結束了疲憊的一天。

◆◆◆

造型師的一天，是從經紀人打電話來開始的。曾是店經理老闆的他，熟練地下達各種指示。因為共事多年，兩人在首次接觸的演藝圈工作也以絕佳默契自豪。電影拍攝完畢，進入後製階段，電影圈已經開始流傳會有一部怪物般的作品出現。

有人擔心原本只拍紀錄片的導演無法駕馭劇情片，不過，看過她電影試映片段的所有人都不吝給予稱讚，認為這將成為橫掃國內外電影獎項的巨作。或許是這個緣故，大家也非常關注身為主角的李泰民。

許多媒體想提前進行採訪，但李泰民本來就不太接受訪問，所以也曾有媒體直接殺到片場。今天要拍攝電影相關的平面寫真，有消息指出，一同演出的新人女演員邀請了記者過來。記者啊……需要準備一套拍攝用的服裝。

當然，身為演員的李泰民在電影裡從頭到尾都穿著同一套衣服，所以不需要其他服裝，就連平面寫真也要穿著那套戲服。需要服裝的是經紀人和造型師。先前李泰民參與了對決節目，讓他們也跟著出名，所以現在得好好打理自己，為入鏡做準備。

他利用電腦裡整理好的服裝照片模擬造型，連飾品都精心挑選完，才終於搭配出滿意的造型。深信所有工作的基礎都是蒐集與整理的他，個性與這份工作一拍即合。收拾好衣服後，他前往上午報名的彩妝補習班。

雖然他本就可以將每件事做到最好，但他的巧手非常適合化妝。而且每天都能用到向太太和女兒學習的技巧，也增進了家人感情。以前家人不喜歡他的工作，現在卻四處向人炫耀。因為在對決節目入鏡了幾次，還被社區的三個鄰居要過簽名。

午餐前，細心的他抽空練習完簽名，才前往辦公室。剛打開辦公室大門，就和正在喝補藥的李泰民四目相對。李泰民似乎嚇了一跳，卻若無其事地一口喝光袋子裡的液體，悄悄把包裝藏起來。不過，已經太遲了。

「那似乎是社長為傑伊抓的補藥？」

「對。」

「似乎是你為了搬進傑伊家，而承諾社長會按時讓傑伊喝的補藥？」

「是的，沒錯。請幫我保密。」

保密？可不能這樣背叛……

「我會幫你拿到你想要的藝人簽名。」

「T-exi 每個成員的簽名各十張。」

「那是誰？」

「韓國最具代表性的女子偶像團體，去年在M音樂獎獲頒年度最佳專輯獎，是我女兒最喜歡的藝人。」

「……」

「退團跑去中國發展的成員簽名就不用了。」

「我給你漢洙和趙賢的簽名各五十張。」

「不要，他們的就算你送我，我也不……」

「我們週末要在夢想總公司排戲，你帶家人一起來公司參觀吧，我可以帶路。」

造型師默默收走已經被喝完的補藥包裝，同時不吝給予建議。

「建議你之後去廁所喝。」

「我本來都是這樣，但上週被社長抓到。」

「那你就去女廁喝吧。」

「……」

「是說，你要在夢想排戲？」

面無表情的李泰民聽見那番話，點了點頭。

「那裡教課的講師很不錯。我已經跟他學習很久了，夢想社長也要我好好運用總公司的一切資源。」

夢想社長屢次找上門，軟硬兼施想請傑伊回公司擔任理事。李泰民好像也想讓他回去當理事。李泰民一定是內心過意不去，認為傑伊應該身居高位，不該為他屈就於現場經紀人的工作。

「而且夢想社長還問要不要把ＤＲＩ媒體的辦公室搬回夢想。當然，條件是神經……尹傑伊必須回去擔任理事。」

「有必要那麼做嗎？這裡也很舒服。」

「那裡的練習室已經改成二十四小時開放了，也有幫忙媒合小劇團的舞臺劇活動，讓演員更容易獲取資訊。再加上餐廳有常備的泡麵和小點心，隨時都可以填飽肚子。除此之外，如果搬到總公司，家人來找你不是更方便嗎？」

「沒有，這裡離我家比較近。」

「喔，這樣啊？我只是覺得，如果你的家人坐在夢想大廳等你的時候，能看到夢想的演員從眼前經過，好像也不錯。而且如果能在出了名美味的夢想餐廳和眾多藝人共進餐點，同時看見丈夫或父親繁忙的身影，家人間的感情也會更深厚吧。」

「……」

「店經理？」

「傑伊想回去當理事嗎？」

「就算他不想在夢想總公司工作，他要做的事也非常明確，所以他應該會再次接下理事職位。夢想社長是這樣推測的，我也這麼認為。」

「或許是吧，但如果傑伊回去當理事，社長沒辦法常常見到他，一定會非常傷心。」

「我會說服社長的。」

你要說服他？造型師露出懷疑的眼神，李泰民眼中則顯露堅決的意志。

「夢想社長承諾過，會讓你們免費拿到夢想旗下演員的演唱會、電影、音樂劇、舞臺劇等等，所有活動的公關票，還會無限期提供夢想餐券給直系親屬，並讓你們任選旗下歌手到家庭聚會獻唱三次。」

「辦公室搬遷，應該要選個良辰吉日吧？」

造型師轉身開始尋找搬家業者的聯絡方式。這時，身後傳來了小小聲的咕噥。

「先把神經病弄走……」

嗯？轉頭一看，李泰民面無表情地反問了句「什麼」。他以為自己聽錯了，繼續在月曆上查找良辰吉日。既然要搬家，接下來就有得忙了。雖然造型師不需要打包東西，但到了新的辦公室，就有更多人要調查了。

沒關係，反正自己本來就喜歡記錄和蒐集嘛？況且沒有其他工作比私下調查別人更有趣了。不過，就算自己熱愛這份工作，他更希望李泰民別那麼風流。傑伊令人惋惜的單戀，連旁人看了都想流淚。

居然為了愛人放棄地位，還為了陪在愛人身邊，自願成為現場經紀人？而且現場經紀人的職責是阻止其他人靠近藝人，他比任何人都盡忠職守。在拍攝初期，大家都想和透過對決節目聲名大噪的李泰民說話，但現在李泰民身邊卻連一隻螞蟻都不敢靠近。

能做到這一切，都是因為自己進行了徹底的調查，並交由擅長運用情報的經紀人進行溫柔勸告，再搭配現場經紀人對於大膽靠近的人投以犀利的目光。雖然本人並沒有察覺，但每個承受他目光的人都害怕得瑟瑟發抖。

現代人果然膽小。然而，造型師知道傑伊不可能一直以現場經紀人的身分陪在李泰民身邊，他現在也是一有空就會處理電影投資相關工作。造型師知道傑伊陪在李泰民身邊的真正原因。據他觀察，發現李泰民的人生只有兩件事——演戲和尹傑伊。

李泰民除了排戲之外，幾乎沒有任何娛樂消遣，僅有和尹傑伊待在一起時才會露出笑容、發脾氣或大吼大叫。不過，一旦尹傑伊不在，他就會隱藏自己的情緒，眼神再次變得黯淡無光。可能是這個緣故，有時候看見他自己一個人待著，會感覺他好似游離於現實之外，搖搖欲墜。

諷刺的是，導演們正是因為他的眼神而選擇了他。但也多虧如此，他的工作接連不斷，只要持續演戲，應該就不會有事了。人是擅長習慣的動物，李泰民似乎已經接受了令他眼神黯淡的某種事物成為日常，並悟出了活下去的方法。所以即使傑伊回去擔任理事，也不會有危險。

當然，若要監視主動貼上來誘惑李泰民的那些人，並緊盯隨時可能劈腿的李泰民，造型師和經紀人將會變得更加忙碌。但造型師認為自己完全可以勝任，甚至開始期待了。他一把年紀才踏入陌生領域，轉職為造型師，卻因為找到了適合自己的工作，每一天都樂此不疲。

他掌握了需要私下調查的人物名單，並確認了夢想總公司的內部結構，就這麼度過了一個繁忙的下午，才回到家向家人轉述令人開心的消息。一說出下個月家人生日時，可以找夢想旗下的歌手來獻唱，太太和女兒們都欣喜若狂。當然，最開心的還是下個月家庭活動的主角——呼呼。

呼呼今年六歲，換算成狗的年紀，已經算是中年了。但她仍然喜歡撒嬌，也集家人的寵愛於一身。真是太好了，國內頂級歌手居然要為呼呼獻唱生日快樂歌！既然是這樣，一定要邀請一個歌藝精湛的R&B歌手。造型師的工作雖然累人，但一切都是值得的。多虧如此，今天可以帶著滿足的笑容進入夢鄉。與此同時，他也暗自下定決心，在李泰民的演藝生涯結束前，絕不辭去這份工作。

◆◆◆

早上五點三十。鬧鐘沒響，現場經紀人卻已經清醒過來。因為他早已習慣在這個時間醒來，不管再怎麼累，時間一到就會自動清醒。他的另一個習慣是一睡醒就離開床鋪，但這天的他，卻在床上多躺了一會兒。

他想好好回味夢中看見的風景。他幾乎不作夢，是醒來後才發現那是一場夢。不過，以夢境來說太逼真了。摻雜風沙的乾澀空氣被熱氣蒸騰，怎麼走都走不出同一片荒蕪之地，簡直和現實一模一樣。口乾舌燥，身體被炙熱的太陽曬得快要融化。

大規模施工現場在冉冉上升的熱氣中如幻象般扭曲，目光所及的一切都真實得令人窒息。但他卻在沙漠中快樂地笑著，對於有資格進入沙漠感到開心，並感覺自己終於像個真正的人。他的目光從天花板轉到身旁，發現旁邊空蕩蕩的，與自己交流感情的人不見了。

現場經紀人站了起來，沒走幾步就找到了李宥翰——他在床邊的地板上蜷縮著。現場經紀人看著他心想——真像狗。以前養過的狗就是這樣，總是在原本的位置睡一睡，又跑到其他地方，蜷曲著身體睡在地板上。

當然，狗不像李宥翰會先坐在地上發呆，被罪惡感折磨得精疲力盡才能入睡。其實比起狗，李宥翰更像貓，只會眼神銳利地瞪人，卻始終不靠近。不過，李宥翰也不會露出爪子。李宥翰偶爾對他展露的愛意也因此變得更加特別、更加珍貴，總是無意間撩動他的心緒，當然，也激起他的欲望。

像孩子一樣蜷縮著身體的李宥翰顯得格外脆弱，正是這點令他感到興奮。但其實，他對李宥翰的一切感到興奮，並不僅僅因為這點。現場經紀人緊貼在自己帶的藝人背後躺下，伸手將褲子褪到膝蓋，用已然挺立的性器摩蹭著對方的屁股。

不久後，逐漸醒來的李宥翰怒罵反抗，但挺進體內的性器將他的辱罵轉為斷斷續續的綿長呻吟。啊，嗯……李宥翰在他身下發出的喘息，悅耳得令人瘋狂。他的性器射了幾次，不斷在李宥翰體內來回挺動。

李宥翰因為他早上克制不住欲望，在坐車移動的期間都狠狠瞪著他，一副要殺了他的樣子。他覺得那樣的李宥翰非常可愛，差點又要把車停到路邊，但早上運動太久，已經快趕不上約定的時間了。只是沒想到，路上真的發生了一件導致他們遲到的事。

身旁默不作聲注視前方的李宥翰，在快要抵達公司時開口。

「你以前比較帥氣。」

現場經紀人在內心噗嗤一笑。儘管李宥翰突然說出這句話，沒有進一步解釋，但他似乎已經知道李宥翰的意圖了。他本來不想回應，又擔心對方失望，於是反問。

「以前？」

「你當理事的時候。」

果然是想讓他辭掉現場經紀人工作的伎倆。李宥翰想擺脫他，看來作戰計畫已經從伴隨辱罵的恐嚇改為柔性勸導了。現在正值上班時間，整條路塞滿車輛，兩人乘坐的車一路走走停停，好不容易才前進一個街區。他正好有些無聊，所以沒有嘲笑對方，而是配合演出。

「我不懂你的意思。」

「為什麼不懂？不是很簡單嗎？我說你以前當理事的時候比較帥氣。」

「還是不懂。」

「我說你以前當理事比較帥氣，你聽不懂？」

「對你來說，帥氣的定義是什麼？地位崇高嗎？」

「怎麼可能？如果地位崇高就等於帥氣，那對我來說最帥氣的人應該是總統或大企業會長吧，但我覺得他們一點也不帥。你當理事的時候很帥氣，是因為你位高權重，卻又將權力玩弄於股掌之間，而且遇到難以決斷的情況，也都能順利突破阻礙。」

他似乎有備而來，回答得非常流利。你看看你，根本早就知道要回答這種問題，事先和別人演練過了吧？這場對話越來越有趣了。

「我的意思是，雖然你現在也很帥氣，但如果你身處一個能讓你大展身手的位置，會更加帥氣。」

不愧是演員，臺詞說得十分自然，只是眼中沒有靈魂。完全能夠想像他嫌棄寫出這段幼稚臺詞的人，並當面流露不滿。

「能讓我大展身手的位置，就只有夢想的理事嗎？」

「因為我是夢想旗下的演員，如果你擔任夢想的理事，就會感覺我們一直待在一起。順帶一提，他覺得比起可能忙到沒時間相處的社長，還是當理事就可以了。」

「他覺得？」

「……我覺得。」

現場經紀人勉強忍住笑容。如果是其他人這樣胡言亂語，他一定馬上就會覺得厭煩，但李宥翰不管說什麼都非常可愛。

「知道了，那就換吧。」

「真的嗎？」

「嗯，剛好有另一間公司挖角我，表示他們願意投資DRI，請我擔任他們公司的代表。因為他們的代表闖禍下臺了。」

「哪間公司？」

「K娛樂公司。」

李宥翰張大嘴巴，呆呆地愣住了。現場經紀人現在已經不再掩飾笑意。

「世界真有趣，對吧？」

「欸，等等，這是真的嗎？K娛樂公司真的想請你過去當代表？你摧毀了他們公司的代表耶？而且你還是他們的競爭對手——夢想的大股東，這合理嗎？」

「合理，這不就證明了我的能力比K娛樂公司那個白痴代表好嗎？而且競爭對手在一夕間化敵為友的情況也不罕見。當然——」他停頓片刻，切進左轉車道，「我本來沒有意願，但如果想在你心中變得更加帥氣，接下這個位置好像也不錯。」

「喂，你還是去夢想當理事……」

「代表的地位不是更高嗎？」

還沒開過因上班車潮而堵塞的市中心十字路口，號誌就變成紅燈。一旁傳來了小聲的咕噥。

「可惡的夢想社長……呃！」

車子剛在停止線前停穩，隨即便傳來「砰」一聲巨響，車身猛力晃動，身體也跟著前傾。現場經紀人立刻伸出手臂，護住坐在副駕駛座的李宥翰的胸口。雖然只是被撞了一下，心情卻糟透了。李宥翰差點就要受傷了。回頭一看，一個愁眉苦臉的男人正從追撞的車輛上走下來。

「那小子自己釀成車禍，怎麼還露出那種表情？」

還來不及制止，李宥翰已經解開安全帶，率先下了車。後來才跟著下車的現場經紀人，聽見了陌生男子的聲音。

「噢，幹，一早就這麼衰。」

現場經紀人先看到了李宥翰的臉。

「先生，是你從後面撞上來的。」

李宥翰雖然面無表情，火氣卻似乎已經上來了，眼神也變得犀利。

「誰叫你們開車技術這麼爛，明明可以過卻停下來？我還以為是蝸牛呢。連車子都是這種爛車。」

「喂，你說話小心點。先不說開車技術爛不爛，但我們家多忙才不爛，它跑得多快啊。」

李宥翰把手放在車上，發自內心憤慨。先前才聽經紀人和造型師在討論要為車子取名，看來最後就叫「多忙」了。肇事車主臉上露出輕蔑的笑容，現場經紀人這才走向前。

「你走路過去。」

李宥翰聞聲轉頭，露出詢問「為什麼」的眼神後，現場經紀人用下巴指了指前方。

「這裡走路到夢想不到五分鐘，我處裡完車禍就過去，你先去。」

「……喂。」

「幹嘛？」

「你不會做奇怪的事吧？」

「什麼意思？除了處理車禍，還需要做什麼嗎？」

即使這樣反問，李宥翰始終以不安的眼神看著他。

「可是你的笑容有點……」

我的笑容啊……現場經紀人有時會因此覺得煩，李宥翰現在已經太了解自己了。

「你去吧，我來聯絡保險公司。」

聽到他這麼說，李宥翰半信半疑地離開了。

「要找保險公司來？喂，算了吧，我直接付你錢，你開著那臺破車離開吧。還有，你以後要好好開車。你是哪隻眼睛有問題？為什麼不看紅綠燈……欸？你要做什麼！」

肇事車主大喊，試圖制止現場經紀人，但他已經打開高級進口車的車門。

「幹，你幹嘛開別人車子的……呃啊！」

現場經紀人反折了他的手臂，從車內取出車主的手機。

「你要幹嘛？幹，為什麼拿別人的手——呃！」

現場經紀人把大呼小叫的肇事者壓在車子的引擎蓋上。他的臉「砰」一聲緊貼車蓋，全身奮力掙扎。

「我、我要報警抓……」

「洪○○，010-XXXX-XXXX、姜○○，010-XXXX-XXXX。」

現場經紀人用車主的指紋解鎖手機，念出裡面的幾個名字和電話號碼。車主驚訝地想開口說些什麼，身體卻倏然重獲自由，他趕緊站直，面向對方。現場經紀人的手指仍在手機螢幕上滑動，確認完畢才抬起頭。

「情人、母親、父親、妹妹、朋友，如果這之中要失去一個人，你選誰？」

「蛤？什麼……喂，快還我！」

肇事車主伸出手，但這次也被對方輕易抓住手臂。好痛。對方只是單純扭了一下，卻讓他痛到飆淚。

「回答我，在這些人當中，你要最先捨棄誰？」

「那是……呃，那是什麼意……」

肇事車主看著對方的臉，又閉上嘴巴。現場經紀人正看著他笑。現場經紀人偶爾有機會能露出這種笑容。他想起許久之前，在工地的最後一個晚上露出笑容的那種感覺。而且只要他露出這種表情，就能令對方驚恐萬分。人真是敏銳的動物，明明只是重新流露塵封已久的殘忍，對方卻彷彿感知到什麼危險，愣住不敢動彈了。明明就只是笑容。

「你選吧，你要捨棄誰？」

「我不懂你、你的意思……」

「我在問你，你要讓誰代替你犧牲？」

「代替我犧牲？什麼……」

肇事車主不敢繼續說下去，因為對方笑得更開懷了。明明沒有出聲威脅或辱罵，卻莫名讓人寒毛直豎。

「那就從情人先開始吧。」

開始？開始什麼？肇事車主被嚇得瞪大眼睛，對方卻已經把手機塞回自己手中，轉身離去。

「先、先生，你、你要做什麼？」

用顫抖的聲音詢問後，現場經紀人轉過頭。

「幫你創造出你沒有的東西。」

「我沒有的東西？」

「罪惡感。你明明做錯事了，卻沒有罪惡感啊。」

肇事車主一語不發地愣在原地，現場經紀人逕自開車離去。在現場經紀人離開後，肇事車主仍遲遲無法移動。他這輩子第一次見到那麼駭人的眼睛。好不容易鬆了一口氣，卻依舊不敢動彈，並後知後覺地被恐懼籠罩。完蛋，惹錯人了。

社會地位、金錢和名譽雖然有用，卻不重要，現場經紀人早就領悟了這個道理。無論是待在社會底層或身居高位，他在每個地方都能憑藉自身本事取得想要的結果。不管他身處哪個位置，都一樣令人們畏懼或警戒。

假如他想，甚至有辦法讓眾人拜倒在自己腳下，所以周遭環境並不重要。至少對現在的他來說，最重要的只有一個人。李宥翰的電影上個星期剛剛上映，陸續獲得影評人的好評，票房成績也很亮眼。多虧如此，李宥翰被電影宣傳會和幾場採訪搞得比拍攝期間還要忙碌。他本人不喜歡電影以外的工作，但經紀人會在一旁不斷安撫。

「我今天早上花了五萬元給人家吹頭髮。你要受訪久一點，盡量多爭取一點鏡頭，知道了嗎？」

「可是經紀人又沒有要入鏡。」

「上次我也一時大意，以為自己不會入鏡，結果後來攝影機拍攝附近，我就跟著入鏡了。難道你不知道嗎？我那時候臉看起來超級腫，多丟臉啊！」

「……明明就一模一樣，跟你本人沒有任何落差。」

「問題就出在這裡。你本人不怎麼樣，上鏡後卻變得還算能看。所以我在螢幕上也要看起來比本人好看才行。」

本人不怎麼樣的李宥翰，眼中流露著透過鏡頭看不見的憤怒。現場經紀人心想，讓叔叔擔任經紀人真是個明智的決定。李宥翰需要的並不是一直在身旁讚美和照料他的人，反而要欺負他、折騰他，才能讓他無暇顧及那該死的罪惡感。對他好的人，只要有自己一個就夠了。

經紀人在這方面非常盡忠職守，且不遺餘力地監視著靠近李宥翰的人。現場經紀人發現，這次的電影成功賣座後，越來越多人關注李宥翰，甚至有人當著自己的面找李宥翰說話。儘管他們全是微不足道的螻蟻，他內心還是相當生氣。

這或許是吃醋，也或許是不安全感。不過，不管是什麼都無所謂，因為他會把李宥翰身邊那些他看不順眼的垃圾一個個清理掉，所以現在的經紀人和造型師是最佳人選。託他們的福，他整個下午都可以放心處理投資工作，沒想到夢想社長卻忽然開門走了進來。把辦公室搬回夢想後，夢想社長就一天到晚跑來煩他。只是今天和平時不一樣，此刻他正一臉惱怒。

「你不喜歡夢想理事的職位嗎？要我把社長的位置讓給你嗎？嗯？」

「兩個我都不喜歡。」

「那你就喜歡當K娛樂公司的代表嗎！」

「我也不喜歡，但看見社長的反應，感覺會很有趣。」

社長這才閉上嘴巴。原以為社長又要叫他「尹混蛋」，卻意外忍住了。

「傑伊。」

社長溫柔地呼喚了他的名字，現場經紀人頓時噗嗤一笑。

「你在笑什麼？」

「因為很可笑。」

社長真的改口叫他尹混蛋了。現場經紀人站起來，看了眼時鐘。李宥翰下午的行程快要結束了。他拋下生氣的社長，走出公司。在他工作的時候，世界已經逐漸暗去。亮了又暗，暗了又亮。他不厭倦每天重複發生的現象，反倒每次都覺得新奇又驚豔。開車去接李宥翰的時候，也總是感到怦然心動。今天是獨一無二的一天，所以彌足珍貴。他確信只要有李宥翰在身邊，每一天都將會如此。

◆◆◆

「泰民哥，你看，我是不是笑得很不自然？嗯？」

漢洙把自己的手機遞到我面前。他已經為了同一張照片大驚小怪十幾分鐘了。

「喂，拿開。」

容忍也是有限度的。我無情地伸手撥開，但這招顯然對開心的漢洙不管用。

「在電視臺前面被拍到的時候，我還覺得對方不是我的粉絲，所以不抱期待，結果真不是蓋的耶，比媒體拍的照片還帥。聽說這個人以攝影技術高超聞名，但他還拍到我……天啊！讚數又增加了！太扯了，到底有多少人看到這張照片了？哥，你看一下，你看這個數字！」

漢洙著急地大叫。靠，我放棄趕走煩人的他，直接站起來走到另一個房間。殊不知，那裡的情況也與平靜相距甚遠。一開門，待在裡面的愛麗絲社長，不對，經紀人和造型師就抬起凶狠的目光。

「有什麼事嗎？」

「我一定要有理由才能進來嗎？」

「不用。」

經紀人不悅地同意後，對造型師使了個眼色。他瞄了我一眼，目光又轉回電腦螢幕。他們兩個到底在做什……難道是在網路上攻擊我嗎？我合理懷疑後，回瞪了經紀人。

「你這種充滿敵意的眼神是怎樣？」

「我的眼神怎麼了嗎？」

「搞得好像是我們私吞了粉絲送給你的禮物，卻一一聯繫粉絲，叫他們別把錢花在這種地方，要好好孝敬父母。」

……說什麼鬼話？我以為他喝醉了，看著他皺起眉頭。

「我只是以為你們在網路上留言攻擊我。」

「喔——我還以為怎麼了呢，當然要留言攻擊你啊。」

「當然？」

「反正一定會有酸民出沒，我們先下手為強不是很好嗎？更何況說得越過分，越能引起社會大眾同情，可謂一舉兩得。這就是我採取的策略。」

我想採取的策略是向你們提告。

「所以你是跑來算這筆帳的？」

「我聽說明天有試鏡……」

原本打算說完自己想說的話就離開，沒想到門忽然被打開，死纏爛打的漢洙走了進來。

「哥，你看這個！有、有人說他送了禮物給我！你看一下嘛！」

「到底想怎樣？」

我不耐煩地再次推開他的手機，他一臉失落地看著我。

「因為你常常收到禮物，大概覺得沒什麼了不起的，但我是第一次收到。」

我忍不住心想——他又在胡說八道了。

「我也沒有收過禮物。」

「嗯？沒有啊，社群上有很多人PO出照片，說他們送了禮物給你。今天還有人送花束給你耶！」

花束？我轉頭看向經紀人和造型師，兩人同時縮了一下。

「有人送過東西給我嗎？」

「……這個嘛。」

經紀人僵硬地回答後，漢洙迅速插話。

「對啊，那個人有上傳貼文說已送達。那束繡球花超美的，他還在社群網站上說很期待你的反應。」

「他是這樣講的？」

經紀人笑得尷尬，輕輕戳了戳造型師的手臂。

「好像有東西送來……」

造型師站起身，說要把東西拿過來，便拖著漢洙走出去。我隱約聽到外頭傳來漢洙的慘叫，轉頭一看，只聽經紀人犀利地發問。

「你那麼喜歡收到別人送的花束嗎？嗯？即使傑伊人還活得好好的？」

真是無言。為什麼我要因為一束根本沒收到的花，聽他像婆婆一樣嘮叨？

「喔，那我可以等尹傑伊死後再喜歡吧。」

我刻意語帶嘲諷，心想他聽到我詛咒他深愛的姪子，一定會氣到抓狂，沒想到他卻出乎意料地平靜，一本正經地搖了搖頭。

「不會，傑伊會活得比你久。」

「你怎麼知道？」

「因為我會盯著你。」

他彎起兩根手指，指了指自己的眼睛，再指向我。我看著他充滿自信的笑容，也露出笑容回應。

「真好，那你可要睜大眼睛看清楚了。因為我死的時候，一定會帶他一起上路。」

最後，因為經紀人激動地把我當成未來會殺死尹傑伊的凶手，我們鬥嘴了好一陣子，讓我忘記要拿回花束了。可惡，應該要把花束拿回來刺激他的。我透過運動宣洩完怒氣，回到家卻發現尹傑伊也在。他說過今天有工作會議，難得穿著一身西裝在客廳中間講電話。他似乎剛到家不久，只是隨意脫下西裝外套丟在沙發上。發現是我回來後，才看向我的方向。

「好好溝通看看，如果堅持要加入那場戲，之後可以在導演版拿掉。」

他講電話的同時，目光也跟著我移動。我倒了一杯水，坐在廚房的中島旁邊咕嚕咕嚕猛喝。隔著透明杯子，能清楚感受到他的視線。他今天的眼神特別像神經病，彷彿盯著夏天捕獲的昆蟲在掙扎似的，仔細端詳著我的一舉一動。今天發生了什麼事嗎？我感到納悶的同時，也注意著他的一舉一動。總覺得有些毛骨悚然，不過，另一方面又莫名有些興奮。

「……叫他不要胡說八道。」

他笑著對通話對象說完，稍微鬆開領帶，解開最上面的鈕釦。上電視的人明明是我，他的一舉一動在我眼中，卻比任何戲劇畫面都還要深刻耀眼。解開釦子是連幼稚園小朋友都會的簡單動作，我卻著了魔似的，目不轉睛地看著他的手指從容地撥開袖釦。

那隻比我更修長、更寬厚的手，讓我不由自主想起他前一晚抓住我的手腕、把我壓在床上的樣子。我趕緊移開目光，振作精神般繼續喝水。我通常不太會注意到別人的微小動作，但有時候，他的小動作卻格外吸引我的目光。

譬如說，他睡醒時先下床的背影。還有他不經意轉身，與我四目相交的時候，我也會不由自主屏住呼吸。那一刻，我心中萌生了一個念頭，想要將這一刻的他拍下來珍藏。不過，只拍照是不夠的。

因為照片拍不出他看著我的眼神，也拍不出我看著他時感受到的怦然心動。我把杯子裡的水喝到一滴也不剩，轉頭一看，他依然把手機貼在耳邊，直勾勾地盯著我。他沒發出任何聲音，就在我以為他已經講完電話時，他又說了一句。

「明天再說吧。」

他終於放下手機。講完電話後，通常應該看著螢幕掛掉電話才對，但他的目光始終沒有從我身上離開，甚至直接把手機丟到沙發上。接著，他緩步朝我走近。這時，我才發現他的心情似乎比平常還要好。

「你幹嘛？」

我保持警戒，他在距離幾步之遙的地方停下，開口說道。

「聽說你收到花了？」

可惡，經紀人居然趁機告狀？等等，所以他也聽說我死的時候要帶他一起上路的事了？這該不會是他開心的原因吧？根本就是神經病吧。

「對，是非常漂亮的繡球花。」

雖然顧著鬥嘴，連一片花瓣都沒看見，但我感到有些彆扭，索性說了謊。我暗自期待他會吃醋，沒想到他卻稀鬆平常地回應。

「喔，繡球花。難怪會送給你。」

「什麼意思？」

「你不知道繡球花的花語嗎？」

「我怎麼會知道？」

「變心。」

……什麼鬼？我傻眼地看著他。

「意思是我很容易變心嗎？」

「不知道。」他隨口說完，走過我身邊又說了一句：「能確定的是，那個人對你的關注不懷好意。」

「我也沒有想被關注。」

我莫名感到怒火中燒，默默把玩著水杯，就見他捲起衣袖作勢要下廚。深灰色襯衫捲起後，露出結實又隱隱浮現青筋的肌肉。隨意捲起的袖子與他露出的手臂明明沒什麼大不了的，我卻又想記錄下來了。我忽然對於自己錯過他的一些日常感到惋惜。他也有同樣的感覺嗎？他不在我身邊的時候，會好奇我在做什麼嗎？我不自覺地小聲咕噥。

「還是我也來用SNS[18]？」

正準備將手伸進水槽的他倏然停下動作，緩緩轉身。剛才還神情愉悅的他，看向我的目光瞬間變得狠戾。

「你用那個幹嘛？」

——給你看啊。

我隱藏自己的心聲，斜眼看他。

「我不能用嗎？」

「你知道SNS是什麼的簡稱嗎？」

「……原來那是簡稱嗎？」

那瞬間，他的嘴唇向臉頰兩側伸展，嘴角也跟著上揚，眼中滿是笑意。不過，那不是單純的微笑。我以前也見過那種笑容。如果他笑成那樣，還像發情似的全身散發男人味，就表示我那天將會大難臨頭。他最近已經比較收斂了，只會在我發表無知言論的時

18　社群網路服務（Social Networking Service）的簡稱，韓國人以SNS來代指社群網站、社群軟體。

候像那樣發情。我真的搞不懂。
「媽的，你……你的眼神又怎麼了？」
「我怎樣了？」
他笑著朝我走來，俐落地扯開領帶，將鬆開的領帶繞過雙手。該死，這傢伙又想把我的手綁起來了！我感覺大事不妙，猛然起身後退。
「你說呢？就是想大幹一場的眼神啊。」
「怎麼會呢？」他搖搖頭，低聲笑了笑，「我不可能只幹一場。」
我真的感覺大事不妙，脊背忍不住一陣發涼。我並不討厭做愛，畢竟我也有享受到。但這正是問題所在，因為實在太舒服了。雖然累得喘不過氣，同時又沉浸於快感之中，連腳尖也忍不住跟著顫抖。這種原始的刺激即使襲向身體千百次，也不會讓人麻木。反倒是被欲望浸淫的身體還沒碰觸到他就已經開始蠢蠢欲動，迫不及待地想迎接高潮到來。因為和那小子上床實在該死地過癮，甚至能隱隱牽動我自以為壓抑得很好的罪惡感。而每當我心中湧現罪惡感，尹傑伊總能神準地看穿。他退後一步，垂下目光看著我，一邊咕噥。
「誰叫你要這樣，我只好把你綁起來了。」
「別胡說八道了，門都沒有。」
幹。這句髒話最後依舊沒能罵出口。我看見他纏緊了手上的領帶。可笑的是，身體不由自主想起了雙手被束縛住的性愛，一股酥麻的戰慄蔓延至全身。我不願承認他的瘋狂行徑將會帶來另一種刺激，令我發出難堪的呻吟、喘得上氣不接下氣。我狠狠瞪了他一眼，他卻揚起嘴角。與我相反，他眼中滿是享受。
「你知道嗎？我已經不會覺得你的罪惡感很煩了，那反倒會——」

他湊近一步，對我耳語。

「讓我陷入瘋狂，更想占有你。」

我顧著凝視他的眼睛，來不及後退。蘊含殘忍的黑色欲望緊緊抓著我不放，似要將我徹底吞噬。恐懼與戰慄般的心動同時在心臟蔓延，那雙眼睛依然和昨天一樣。我知道，我明天又會被那雙眼睛吸引，直到後天、大後天，和死去的瞬間亦然。

——〈他們的一天〉完

——《PAYBACK》全系列完

NE029

PAYBACK 04・下（完）
페 이 백

作　　者	samk
譯　　者	吳采蒨
封面設計	CC
封面繪者	Uri
責任編輯	任芸慧
校　　對	葛怡伶

發　　行	深空出版
出 版 者	深空出版有限公司
地　　址	臺北市中正區館前路 59號 9樓
電　　話	(02)2375-8892
傳　　真	(02)7713-6561
電子信箱	service@starwatcher.com.tw
官網網址	www.starwatcher.com.tw
初版日期	2025年 09月

總 經 銷	聯合發行股份有限公司
地　　址	新北市新店區寶橋路 235巷 6弄 6號 2樓
電　　話	(02)2917-8022

페이백
Copyright ⓒ 2022 by SAMK
Complex Chinese Translation Copyright ⓒ 2025 by INTERSTELLAR PUBLISHING Ltd.
This translation is published by arrangement with Feelyeon Management through SilkRoad Agency, Seoul, Korea.
All rights reserved.

國家圖書館出版品預行編目 (CIP) 資料

PAYBACK04 / S A M K 著 . -- 初版 . -- 臺北市 :
深空出版有限公司出版 : 深空出版發行 , 2025.09
冊 ;　公分
ISBN 978-626-99609-4-1(第 4 冊 : 平裝). --
862.57　　114005666

◎凡本著作任何圖片、文字及其他內容，未經本公司同意授權者，均不得擅自重製、仿製或以其他方法加以侵害，如經查獲，必定追究到底，絕不寬貸。
◎版權所有 ・ 翻印必究◎
◎本書如有破損、缺頁、裝訂錯誤請寄回更換